海を渡ったうさぎ

今泉英明

南々社

プロローグ

2

雲の間から零《こぼ》れる細い滝のような日差しが、レースのカーテン越しに降ってくる。ほんの少し開いた窓から入ってくる湿った風が、その光を揺らし季節の移ろいを匂いで伝えてくれる。窓の外にはテラコッタの鉢に植えられた朝顔が緑のつるを、隣の柵まで伸ばし青い花を二輪、誇らしげに咲かせている。まるで、夏をつかみ取ろうとしているかのようだ。

やがて、お気に入りのジャニス・イアンをかき消すかのようにセミが鳴き始める。しかしそれさえも今は、心地いい夏の産声と受け止めることができた。いつか聞いたことのある懐かしい声だ。

隆司は長年にわたり勤め上げてきた仕事の一線をついに今年、まだ空には梅雨の気配がまんべんなく残る季節に退いた。

挨拶回りや面倒な手続きを終え、今は毎朝、家族を見送った後に一人、リビングでくつろぐのが日課となっていた。ずっと待ち望んでいた自由な毎日である。やがては、この開放感も虚無感や不安に変わる日が来るのであろうが、このまったりとしたひと時をしばらくは味わっていたかった。

今、思い返せば自分の時間を犠牲にし、時には家族との時間さえも見失いがちになっていた。よく言われる企業戦士の一員だったのだろうが、組織に帰属することで自分の存在価値を見出そうとし、安堵感さえ得ようとしていたのかもしれない。間違っているとまでは思いたくなかったが、少なくとも隆司には、それが自分の本来の居場所だとは感じられなかった。肩書や責任、企業の理論から解き放たれ、虚勢を張ることもない本当の自分を、やっと取り戻すことができるような気がする。

床に寝転がってインターネットのニュースを斜め読みしていると、一億総活躍などという文字がプロパガンダのように躍っている。しかし記事の内容まで読む気にはなれず、ただぼんやりとページをめくっていく。リコール隠し、データ改ざん、過重労働、パワハラ、いじめ……相変わらずそんな見出しが目につく。はたして世の中は病んでいるのだろうか。

するとある旅行代理店の広告画像がふと、隆司の目に留まる。今までであれば、普通にスルーしてしまうところだっただろうに……。

コバルトブルーの空と海を背景にフォーカスされた、一匹の「うさぎ」の画像だ。目をくりくりさせて、夏の空を見上げている。薄茶色の耳をピンと立て、まるで波の音に聞き入っているかのようだった。

海からの風が磯の香りと水しぶきを今にも運んできそうだ。足元は砂浜なのだろう。砂が暑くなる前の朝の風景に違いない。

日常から解放されたリゾート感を伝えようとする画像なのだろうが、隆司にはそのうさぎがどこか、寂しげな表情をしているような気がしてならなかった。何とも言えない哀愁さえも感じさせる。そして、それはもうずいぶん前に忘れていた、いや忘れ去ろうとしていたあの記憶を呼び起こすのだった。

「そうだ。あの島へもう一度行ってみよう……」

はやる気持ちを落ち着かせ、大学時代の友人にメールを送ってみる。近況報告に続けて、「あの時と同じメンバーで、久しぶりに一度会わないか」と文面を打ち、送信ボタンを押す。

卒業後は年賀状やメールでお互いの近況を知らせ合う程度だったため、唐突な提案に皆が驚いた様子だ。それでも、年を重ねていき時間に余裕ができたのだろう、さらに懐かしさも手伝って、話がまとまるのにさほど時間は必要なかった。


約束の日、隆司は待ち合わせのあの思い出の場所に向けて、ひとり新幹線に揺られていた。

窓側の席に深く腰かけて、少しだけシートを倒す。山陽新幹線に入るとトンネルの通過が多くなり、車窓が頻繁に明暗を繰り返すようになる。次第にその繰り返しが、時間を早戻ししているかのように隆司には思えてきた。

すると、四十年以上も前の記憶が昨日のことのように鮮明によみがえってくる。それはまだ、隆司が学生だった頃のことだ。誰にも話したことのない不思議な体験だった。そのときは、きっと夢を見ていたんだろうと自分に言い聞かせたのだったが……。

海を渡ったうさぎ

隆司は大学が夏休みに入ると早々に、同じ卒研室の大西に村山、そして中尾と一緒に四人で旅行に出かけることにした。いわゆる卒業旅行のつもりだった。

大西と村山がアルバイトをする喫茶店の店長の紹介で、激安の民宿を予約することができた。そこを起点に三泊四日で周辺を車で回るという気ままな旅行だ。きっちりした予定があるわけではない。とにかく一日も早く、じめじめとして暑くてたまらない四畳半一間の古びた下宿を抜け出したかった。

この頃はちょうど戦艦大和が宇宙船として復活し、宇宙空間をワープ航行するという壮大なアニメが人気を得ていた。インベーダーゲームが街にあふれ、ダサい・ナウいが若者言葉として定着していた。音楽の媒体はレコード盤かカセットテープで、手軽に買える気の利いた旅行ガイドブックもなく、書店にあるのは定番の観光地を紹介するお堅いものだけだった。

中国自動車道を降り南下して山間を抜けると、目の覚めるような景色が開けてくる。空と海が織りなす一面の青い輝きの中に、真っ白な雲とブロッコリーのような緑の島々が浮かび、白波を切ってその間を船が行き来している。手前には段々畑の赤土が緑の葉の間にのぞき、絶妙なコントラストを作り上げていた。

車内にはサザンの歌が流れ、夏モード全開だ。村山が生協の学生ローンで買った中古車にはラジオしかないので、中尾がラジカセをわざわざ持ってきてくれたようだ。太陽はまだ高く夏の日差しが照り付けていたが、まもなく五時を過ぎようとしている。

「たぶんもうすぐや。次を左やないかな」

助手席で道路地図を見ていた中尾が言った。

交差点を左に折れてゆるい坂を下ると、民宿松風の案内板があった。きれいに両脇の草が刈られた海沿いの細い道を進むと、枝ぶりの立派な松の木が並んでいる。そのすぐ向こうに、木造のどっしりとした古民家風のたたずまいが見えてきた。漆喰《しっくい》で留められた屋根の瓦が、夏の日差しを受け止めて艶《つや》やかさを増している。なまこ壁の白と黒のコントラストがとても見事だ。手入れの行き届いた芝の庭があり、その手前には白い玉砂利が敷き詰められている。

すぐ隣には古民家に色合いを合わせた、新築の二階建てがあった。玉砂利の上をゆっくり車を進めるとその音に気付いたのだろう、頭にタオルを巻いたご主人らしき人が二階建ての家から出てくる。大西と村山の話によると、ご主人はバイト先の店長のいとこに当たるらしい。県内の大手メーカーでエンジニアとして働いていたが、昨年中途退職した後、実家を改築して民宿を始めたということだった。がっしりとした体格と日焼けした顔には似つかわしくない、やさしい目をしている人だ。

車を降りて挨拶を終えると、早々に建物の中を案内される。

玄関を入ると黒光りした板張りの上がり口があり、廊下が左右に伸びていた。廊下を右手に進み納戸と洗面所を通り過ぎると、六畳が二間続きとなった和室があり、ここが宿泊する部屋のようだ。庭に面した南側には縁側があり、網戸がはめられている。両端に押し入れがあり、寝るときはそこに入っている布団を自分たちで敷くように案内された。

さらに奥にも部屋があるようだったが、廊下を折り返して玄関を逆方向に進むと、ダイニング兼リビングがあった。梁《はり》がむき出しの高い天井と、壁の上部にある桟《さん》からの間接照明が、開放感あふれる落ち着いた雰囲気をかもし出している。古民家を見事にリノベーションした造りだ。その奥は格子にすりガラスの引き戸で仕切られたキッチンのようだ。

風呂はダイニングの北側にある別棟にあり、渡り廊下でつながっていた。歩くと鶯《うぐいす》張りのようなキュッ、キュッという音がする。風呂には五人くらいは余裕で入れるタイル張りの浴槽があり、壁は岩風呂風に造られている。他に泊まり客はいないから、気兼ねなく自由に使うようご主人が案内してくれた。


車から荷物を下ろして部屋に運んでいると、

「こんにちは。いらっしゃいませ」

廊下で一人の女性とすれ違う。

髪を後ろで束ねてアップにしていて、少し古風な白いエプロンを着けている。

「こんにちは！　お世話になります」

四人は我先にと女性に挨拶をする。

「皆さん、どちらからお越しになられたんですか？」

「神戸です」

やさしさが伝わってくる大きな目と長いまつ毛、目鼻立ちの整った典型的な美形の女性だ。化粧はしておらず、幼さに加えて初々しさが感じられる。素敵な女性だと隆司は思った。

「そうなんですね。神戸はおしゃれな街と聞いたことがあるけど、広島もええところですから、ゆっくりしていってください」

そう言いながら彼女が丁寧にお辞儀をする。うなじがとてもきれいで、隆司は思わずドキッとした。

「おい、さっきの女の子、かわいくなかったか？」

風呂に入ると大西が開口一番に切り出す。

「そうやろう。なんか品があるで」

「かわいいというより美人だぜ」

中尾や村山も口を揃える。

「二十一、二かなあ」

隆司がそう言うと、

「十九だ！」

何を根拠にかわからないが大西が言い切る。

「ここの娘なんだろうか？」

「バイトじゃないか？　ご主人とは顔が似てなかっただろう」

大西の疑問に村山がもっともらしく答える。

「あとで花火に誘ってみようか？」

「来るんやろか？」

「岡本、お前が誘えよ」

大西が隆司に命令口調で言う。

「なんで俺が？」

「この中でお前が一番若いだろ」

「若いって、誕生日が遅いってだけじゃないか」

隆司は反論してみるが三対一では分が悪い。聞き入れられるはずもなく、結局、風呂での会議はこれで終了となった。

風呂から上がってダイニングに行くと、夕食の支度ができている。

「さあ、召し上がりんさい。冷蔵庫にはビールも入っとるけえ、自分で出して飲みんさい。紙にチェックを入れといてくれりゃあええから。栓抜きはそこにあるけえ」

いろいろ案内してくれた後、ご主人はキッチンに入っていった。

大西がさっそく、冷蔵庫からビールを二本出して栓を抜く。

「まずはビールで乾杯！」

風呂上がりのキンキンに冷えたビールは格別だ。

「うまい！　生き返る！」

村山が一気に飲み干す。

「今日一番長い距離運転したのは村山だもんな。お疲れ、お疲れ！」

大西が空になった村山のコップに、水滴の付いたビール瓶を傾ける。心地いい音と同時に、細かい泡が程よく立っていく。

再びご主人がキッチンから顔を覗かせて、

「わしらは隣の家におるけえ、何かあったら呼びんさい。どうぞ気兼ねのう、のんびりとしんさいね」

そう言いながら柱にあるインターホンを指差す。

キッチンの引き戸が閉まると、奥に勝手口があるようで扉を開けて外に出ていく気配がした。

「ところで、明日は平和公園と宮島でええんか？」

中尾がビールをゴクリと飲み込みながら確認をする。実は四人とも広島を訪れるのは初めてだった。

「いいんじゃない。広島に来たんだから原爆ドームには行かないと……」

村山が答える。

広島といえば隆司も真っ先に頭に浮かぶのは、原爆ドームである。そして宮島、もみじ饅頭、広島東洋カープ、最後に戦艦大和が造られたという呉港ぐらいだから、もっともな選択だと思った。


夕食を終えると四人で食器を片付け始める。激安民宿ならではのセルフサービスは当たり前である。

隆司が重ねた食器を出窓まで運んでいくと、すりガラスの小窓が開いて、

「ありがとうございます」

さっきの彼女が顔を出す。

「あっ、ご、ごちそうさまでした」

隆司は予期せぬ目の前の笑顔に戸惑いを感じながらも、運んだ食器を彼女の方に寄せながら尋ねてみた。

「ご主人の娘さん……ですか？」

「いいえ。そうじゃないんですよ」

さらに唐突だったがアルコールの勢いも手伝い、風呂場会議の決定を隆司は早々に実行することにした。

「あのう……この後、海で花火をやろうかと思うんだけど、よかったら一緒にやらない？」

彼女が少し驚いた表情をする。

「ええ？　花火ですか？」

「そう、花火。線香花火とかもありますよ」

「せっかくですけど、うちは片付けがあるけえ……ごめんなさい。でも、花火はあんまりおすすめせんですよ。それよりも、わざわざこんな田舎まで来られたんじゃけえ、静かな浜辺の夏の夜を楽しんではいかがですか。星がぶちきれいじゃけえ、すぐそこの砂浜から眺めてみんさい。ほんまに素敵ですよ」

誘いは体よく断られ、風呂場会議での作戦は見事失敗に終わった。

四人は懐中電灯の明かりを頼りに、民宿からすぐの砂浜の方へと降りていった。

「残念やったな。彼女……」

中尾が悔しそうに大西に言う。

「うん。岡本の力不足だったな。いきなり誘わずに、まずは名前を聞いて、それからもう少し……」

「だったら自分で誘えばよかったじゃないか」

隆司は不機嫌そうに答えながらも、内心は少しがっかりしていた。

民宿で借りた下駄の歯がサクッ、サクッと砂に突き刺さる。松並木を越えると、目の前に海が開けた。波の音が響き渡り、遠くには船の明かりが小さく揺れている。

夜空には無数の星が瞬《またた》いていた。てっぺんより少し東寄りには、夏の大三角形がひと際明るく輝き、天の川が霞《かすみ》のように漂っている。上弦の薄くなった月が遠慮がちに、その姿を海面に映していた。すると流れ星が一つ、天の川を横切っていく。

確かにこんな風景に、花火は似つかわしくない。少しはしゃぎすぎていたのが、隆司にはとても恥ずかしく思えてきた。他の三人も同じように感じたのだろう、打ち上げ花火を二本も上げると、早々に花火を切り上げてしまった。四人は堤防に腰を下ろし、目の前に広がる星空に見入っていた。

「こんなにようさん、ほんまの星を見るんは、子どもの頃以来やなあ。俺、今は神戸市内に住んどるけど、子どもの頃は篠山《ささやま》に住んどったことがあんねん。その頃は星がよう見えたんや」

中尾が何かを思い出したように呟いた。

「あれがひこ星やろ……」

「ああ、そうだよ。ひこ星のアルタイルまでは十七光年だから、ちょうどその子どもの頃に出発した光が今届いてるのさ」

隆司がそう言うと中尾が、

「ほんまか？　なんか不思議やなあ、おり姫もそうなんやろか？」

「おり姫星のベガまでは二十五光年」

「それって、実年齢より二十五歳若く見えとうみたいな話やんか」

「そんなこと言えば、ひこ星とおり姫は十五光年くらい離れてるんだから、一年に一度逢うときは、お互いに一気に十五歳も年をとってしまうことになるじゃんか」

灯台の明かりが時々、遠くの方で空に放たれる。波の音だけが時を刻み、静かな時間がゆっくりと流れていた。


四人が民宿に戻り、玄関口で下駄を脱いで上がり口を跨ごうとしていると、彼女がダイニングの方から現れた。

「お帰りなさい。星がぶちきれいじゃったじゃろう？」

「きれいでした。花火は……すぐやめにしました。もちろんゴミは持ち帰りましたよ」

さっきのはしゃぎすぎた自分を詫びるかのように、隆司が短い髪の頭をかきながら答える。それに、風流を解さない奴だと彼女に思われたくはなかった。

「天の川も見えました」

「そりゃあよかったです。今日は夜になっても、入道雲が出とらんかったけえ。田舎ならではの星空を楽しんでいただけて何よりじゃった」

彼女は四人が上がり終えるのを見届けると、くすっと笑いながら言った。

「お風呂はまだ入れますよ。足だけでも洗えばええよ。よろしけりゃあ、どうぞ」

四人が揃って足元を見てみると、上り口の床にパラパラと砂が落ちている。

「ごめんなさい。申し訳ないです」

隆司がすぐに足を払い、床に落ちた砂を手のひらで集めるようにしながら謝ると、

「いいえ、気にせんでええですよ。うちがやっときますけえ」

彼女が右手で床を拭くような仕草をしている。

「本当にすみません」

隆司に続いて他の三人も頭を下げて謝った。

「それじゃあ、足、風呂で洗わせてもらいます」

「そうされたほうがええですよ。そうせんと寝られんじゃろう。ほいじゃあ、ごゆっくり。おやすみなさい」

彼女は丁寧にお辞儀をして頭を上げると、首を少し左に傾けてにこりと微笑む。子

犬が何かをねだるときのような愛らしい仕草だ。まるで茶道の作法のようなお辞儀とは不釣り合いなその仕草が、隆司にはとても新鮮に思えた。

「おやすみなさい」

隆司がそう言うと他の三人も、まるで子どもが劇の稽古でもしているかのように、声を揃えて返していた。

翌朝、八時を過ぎた頃にダイニングに行くと、テーブルにはすでに朝食が準備されていた。

「おはようございます」

挨拶をしても返事は帰ってこない。キッチンの様子をうかがってみたが誰も居そうにない。今朝もまた彼女に会えるだろうという隆司の淡い期待は、どうやら裏切られてしまったようだ。

「バイトの彼女、朝はいないのかな?」

大西の言葉にみんな同じことを考えていたのだと思った。あの大きくてやさしい目は、人を引き付けるのには十分すぎる魅力を持っている。

朝食のわきに大きな水筒が二本置いてあり、「暑くなりそうなので、お持ちください」と手紙が添えられていた。中には氷が入っているようで、持ち上げるとカラカラと音がする。ありがたい心遣いだと隆司は思った。

朝食を終える頃になると、セミが一斉に鳴き始めている。窓の外の芝生にはすでに強い日差しが当たり始め、暑い夏の日を予感させていた。

ちょうどそこへ、軽トラックに乗ったご主人とおかみさんが戻って来た。どうやら畑仕事に行っていたようだ。荷台に積まれた籠からは立派な茄子が覗いていて、太陽の光が反射して黒光りしている。その横にはわずかに土汚れの黒い長靴が二足並んでいて、茄子とのコントラストをかもしていた。

おかみさんは野菜の籠を降ろすと、台所の勝手口から運び入れる。ダイニングにいる隆司たちに気が付くと、キッチンの小窓越しに、まるで母親が子どもの出がけを心配するかのように声をかけてくれる。

「おはよう！　暑いけえ、気い付けんさいよ。塩分、水分、こまめな補給を忘れんようにその水筒のお茶を持って行ってええけえね〜」

「ありがとうございます。助かります」
大西が真っ先にお礼を言った。

原爆ドームや平和記念資料館、安芸の宮島など広島の観光を満喫した隆司たちが民宿に戻ってきた頃には、影が随分と長くなっていた。空は満点の星を迎える準備を始めている。
村山がハンドルを握る車は海沿いの細い道を進んでいく。窓越しに夏の夕暮れに耽《ふけ》っていた隆司は、浜辺に人影を見つけた。深呼吸をしているのか気持ち良さそうに両手を頭の上に伸ばしている。夕日が砂浜に落とすその影を一瞥したとき、隆司はなんだか不思議なものを感じていた。デジャブのような……何かはわからないが、それはただの人影ではなくて、愛らしい動物を見ているときのような……何なのだろうか。

「あれ？　彼女じゃないか？」

いち早く気づいた大西が言う。朱色に染まる海に向かって佇む後ろ姿は、確かに民宿の彼女だ。

「おい、ちょっと止まれよ」

海側の後部座席に座っていた大西が村山に声をかけ、窓を全開にして身を乗り出すように手を振りながら大声に叫ぶ。

「お～い、何してるんですかあ」

すぐに声に気づいた彼女は振り向くと、お辞儀をして顔の横で小さく手を振ってくれている。

「お帰りなさい」

声こそ聞こえないが、きっとそう言っているに違いないと隆司は思いつつ、厳島神社で見かけたある画を重ね合わせていた。

「確かあれは……宗像三女神《むなかたさんじょしん》」

まさしくこの卒業旅行が無事で楽しいものになるよう、やさしく見守ってくれている存在なのかもしれないと改めて感じた。

その夜もご夫婦は隆司たちを気遣ってなのだろう、

「それじゃあ、ゆっくりしんさい」

そう言って、早々に隣の住居に入っていった。

夕食を終えて食器を片付け始めると、彼女が小窓から姿を現した。昨日と同じように白いエプロンを着けている。

「ありがとうございます」

「ごちそうさまでした。ここの家の人じゃあないって言ってたけど、住まいはこの近くなんですか？　さっきは海にいたみたいだし……」

食器を返しながら隆司が尋ねる。

「ええ、今はそうなんですよ」

彼女は食器を受け取るためなのか、少し伏し目がちに答える。

「バイトは毎日なんですか？」

「お客様がお見えになった日は、毎日夕方ここに来ます」

「僕、岡本隆司といいます。お名前は？」

「幸子、平原幸子です」

「学生さん？」

「ええ、看護学校に。どうしても看護婦になりとうて……でも今は、身体をめいで休学中なんです」

「めいで……？」

「あっ、身体を壊しとって……時々ぜんそくの発作が出るんです。でもお医者様には、だいぶようなっとると言われとるんですよ。最近は発作も出とらんし」

「それにしても、えらいですね。どうしても看護婦になりたいなんて」

「命を救うための力に少しでもなれれば、自分も救われるような気がするんです」

「いや、そんな風に考えられるの、すごいですね」

「そうじゃのうて……うちは、そうせんといけんのです」

「え？……どういうことですか？」

隆司がもう少しくわしく尋ねようとすると、背後から中尾が割って入ってくる。

「僕は中尾誠です。よろしく」

「こちらこそ、よろしゅうお願いします」

食器を受け取りながら幸子が笑顔で答える。

「さっきは海で、何をしとられたんですか？」

「潮風はぜんそくにええっていうんで……」

「こんな空気のきれいな所で暮らしとったら、ぜんそくなんてすぐにようなりますよ。俺も小さい頃にぜんそくが出て、田舎のじいちゃんとばあちゃんのとこに預けられとったことがありますねん。そしたらひと月くらいで、すっかりようなりました」

「そうなんじゃ。治ってよかったですね。ほんまによかったです……よかった……」

それは心からの言葉として伝わってきた。

「平原さんが教えてくれたんで、昨日はきれいな星を見ることができました。あんな星空を見たんは、その田舎にいた頃以来やわ。ほんまありがとう」

「それはよかった。喜んでいただいてうれしいです」

「明日もこの近くを、車で回ってみよう思ってんやけど、おすすめの場所とか教えてもらえへんやろうか？　穴場的なとこ」

「そうだ、もしよければ一緒に行きませんか？　どうです？」

大西も話に加わる。

「ふふ、ありがとうございます。けど、うちは一緒には行けんです。ごめんなさい」

見ず知らずの男四人組に女性が一人でついてくる訳もない。精一杯やさしい断り方だと隆司は思った。

「ごめんなさいね。失礼な奴らで」

「そんなことはないですよ。愉快な人たちじゃあ思いますよ」

食器を受け取り終え、出窓口をていねいに拭きながら幸子が笑っている。

「それで、今日はどちらに行かれてたんですか?」

「原爆ドームに平和記念資料館、あとは宮島にも行ってきましたわ。ようさん鹿がいました」

「そうなんじゃね。やっぱり資料館は、見とかんといけん思いますよ。中に入ると、うちは涙が出てくるけど……」

「そやね。いろいろと考えさせられましたわ。それでも誰もが一度は見ておかないかん思いました」

中尾が言うと、幸子が大きくうなずく。

「それにしてもよう知られた観光コースだけあって、めっちゃ混んでました。明日はもう少し人の少ない、静かな所がええかなあ」

「忠海やら竹原に行かれたことは、ありますか？」

「いいえ、行ったことはないです。なんせ我々は広島が初めてなもんやから」

「それじゃったら、竹原に行かれたらええと思うんじゃけど。静かでええところよ。近くにうさぎ島もありますけえ」

「うさぎ島？」

「ええ、うさぎ島には、ぜひ行ってみてください。地図をお持ちじゃったら、後でご案内しますけえ」


中尾が部屋から道路地図を持ってきて、ダイニングテーブルの上に広げる。地図で竹原市の位置を確認しながら幸子を待つ。

やがて、幸子がタオルで手を拭きながらキッチンから出てきた。若いのにどこか仕草が古風で、しとやかさがある子だ。

「お待たせしました」

そう言いながら、テーブルの上の地図を覗き込み、

「ええと。今ここじゃけえ……竹原はこっちじゃねえ」

指でなぞりながら、竹原への道を案内し始める。地図の上を動く指が白くて細い。爪は几帳面に丸く切り揃えられている。隆司は本当にきれいな指だと思った。

「忠海はここ。うち、前は忠海に住んどったんですよ。できれば、ずっと忠海におりたかったたんじゃけど……」


竹原市には江戸末期の造り酒屋など、古い建物を多く保存している地区があるらしい。その風情のある静かな街並ゆえに、安芸の小京都とも呼ばれているようだ。

「それから、地元の人にしかあまり知られとらんのだけど、忠海のすぐ沖にはうさぎ島と呼ばれとる小さな島があるんよ。何百匹も野生のうさぎが居るん」

「うさぎ島、ですか？」

「戦時中は旧陸軍の恐ろしい兵器工場があったんじゃけど……でも、今は島全体が国有地で国民休暇村になっとるん。ソテツやヤシの木も植えられとって、海水浴場もあるきれいな島なんよ。忠海港から船ですぐのところ」

うさぎ島の説明をしている彼女の顔を隆司はふと見ると、あのやさしい大きな目が、なんだか寂しそうにしている。そして、涙で潤んでいるようでもあった。きっと忠海に住んでいた頃のことに思いを馳せているのだろうと、隆司は思った。

隆司はすぐに幸子が教えてくれたうさぎ島を地図で探し始めるが、そのような名前の島はどこにも見当たらない。

中尾が身を乗り出すようにして、忠海駅の真下辺りを指差しながら、

「ひょっとして、この大久野島のことやろうか？」

「そう。正しくは大久野島というんよ。ほんまにええところじゃけえ、ぜひ行ってみんさい。島のうさぎたちが、ぶちかわいいですよ」

「うさぎは昔から島にいたんですか？　それとも、どこかから連れてこられたとか？」

隆司がそう尋ねると、

「そりゃあ、泳いで島に来たに決まってるじゃんか。魚木に登り、うさぎ海を渡る」

大西が冗談のつもりでそう言うと、

「そうなんじゃ。きっと。泳いで海を渡って島に住み着いたんよ！」

幸子が真顔で答える。

「うさぎって、泳げるんですか？」

大西が驚いたように言った。

「うん、泳ぎは上手じゃよ」

「そうなんだ！」

「近くの小学校で飼われとったうさぎが連れてこられたとか、英国人に連れてこられたとか言う人もおるけど、そりゃあ違うと思う。うちは絶対に、海を泳いで渡ってきたんじゃと思うとるんよ」

「その方が夢があっていいよなあ」

「島に行くとかわいいのがいっぱい出迎えてくれますよ。人を怖がらんで寄って来るけえ。宮島の鹿もええけど、うさぎもええですよ」

「ありがとう！　そんなら明日、竹原に行ってみますよ。そのうさぎ島にも」

中尾がそう言うと、彼女はとてもうれしそうだ。

「うちも、また行ってみたいと思うとります」

「でしょ？　それじゃあ、ぜひ一緒に行きましょう！」

「しつこい」

調子に乗って言う大西を隆司がたしなめるのだった。

地図の案内を終えると、幸子が思い出したように言った。

「それから、広島はお好み焼きが美味しいんよ。ひょっとして今日、市内で食べられました?」

「いいえ。昼は尾道ラーメンというのを食べました」

隆司が答える。

「ああ、志那そばじゃね。中国から来た人が、屋台で売ったのが始まりらしいんよ、チャルメラを吹きながら……尾道は造船の町じゃけえ、昔は大陸から大勢の人が働きに来とったらしいんです」

「へえ、そうなんですか」

隆司が答えると、中尾が続ける。

「因島の造船は歴史もあって、有名やで」

「その通りじゃね。ぜひ明日は、お好み焼きも食べてみんさい。忠海の駅前には、壱銭洋食いうお好み焼き屋がありますけえ。小さなお店じゃけど、地元では人気なんよ。安うて美味しいですから、もしよければ寄られたらええですよ」

「平原さんは、その店にはよく行くんですか?」

隆司が尋ねると、

「今はないけど、忠海に住んどったときにはなんべんか行ったことがあるんです。看護実習の後はお腹がすくけえ、友達と一緒にね……でも、神戸からいらっしゃったんじゃったら、大阪の味の方がお口に合うかもしれんねえ」

「神戸から来たといっても、中尾以外はみんな、出身は地方なんです。静岡、岐阜に愛知なんですよ。平原さんのおすすめだったら、明日行ってみますよ。その何とか洋食という店」

隆司が言うと、幸子がどこか懐かしそうに答える。

「壱銭洋食ですよ。人のええおっちゃんがやっとりますけえ。今はわりときれいになっとるみたいじゃけど、昔は今にも倒れそうな小屋じゃったんよ。儲けがのうなってしまうじゃろうに、うちらにはこっそりキャベツを大盛りにしてくれたんよ。見とらんふりして、ソースもたっぷり塗らしてくれた」

「それは平原さんだからでしょう。俺たちじゃあそうはいかない。ところで壱銭って、一円の下の一銭、二銭の壱銭？」

「そうですよ。壱銭で買える洋食じゃね。きっと、店のおっちゃんがくわしゅう教えてくれますよ」

「じゃあ、明日聞いてみよう」

大西が言った。

「それがね、頼まんでも勝手に説明しだすけえ」

幸子の笑顔が一段と輝いている。

「明日もお天気はよさそうね。きっと皆さんの日頃の行いがええんじゃね」

「行いは、あまり褒められたもんではないですけど……おかげさまで、この旅行は天気に恵まれました」

大西が答えると、幸子はまるでうさぎ島の光景を思い浮かべているかのように、目を輝かせて言った。

「雨では、うさぎ島も美しさが半減してしまうけえねえ。よかったです。明日も暑くなりそうじゃけえ、水分補給は忘れんようにしてください。暑さで参ってしまうけえ」

「わかりました。ありがとうございます」

「あらら、ごめんなさい。長《なご》う話し込んでしもうて。ほいじゃあ、ごゆっくり楽しんできてください。おやすみなさい」

幸子は挨拶をすると、丁寧に頭を下げた。そして、そうするのが癖なのだろう、首を少し左に傾けてにこりと微笑む。その仕草が隆司にはとても愛おしく思えた。どんな頼み事でもノーとは言えなくなってしまいそうな、魔法をかけられているかのようだ。

隆司は幸子ともう少し、ここで話をしていたかった。一緒にいられる時間がこのまま終わってしまうのは、途轍《とてつ》もなく名残惜しい。何か言わなければと隆司はとっさに、

「あの……平原さんの……幸子さんの指って、とてもきれいですね」

隆司は自分でも顔が赤くなっているのがわかる。ただ、それを幸子に気づかれるのはとても恥ずかしく思えて、軽く咳《せき》ばらいをするふりをしながらうつむく。

「まあ、うれしい。ありがとうございます。そんなん言われるのは初めてです。なんか恥ずかしいわあ」

幸子は慌てて手を丸め、胸の前で隠すような仕草をする。それがまた、隆司にはとてもかわいらしく思えるのだった。

次の朝、四人は幸子にすすめられた竹原に向かうことにした。

三人が車に乗り込んだ後、隆司が少し遅れて玉砂利の上をザッザッと音を立てて歩いているときだった。

「行ってかえり〜」

後ろで声がしたような気がした。

振り返ると、朝顔が咲いている壁のすぐ上にあるダイニングの窓から、幸子が身を乗り出すようにして手を振っている。今日は朝から彼女がいるのだと思ったら、隆司はなんだかうれしくなっていた。

「行ってきます！」

隆司は大声で答えながら身体をひねって右手をいっぱいに伸ばし、頭の上で大きく振り返す。朝顔の花に負けない華やかさで、幸子は手を振り返してくれている。

「誰かいたんか？」

窓の開いた助手席から中尾が不思議そうに尋ねる。

「今、バイトの平原さんが……」

「ええ、どこに？」

「ほら、あの窓に……」

隆司が振り返りながら言う。

「誰もおらへんやんか。おかしなやっちゃなあ」

「へんだなあ……」

隆司はもう一度振り返ったが、窓はピッタリと閉じられていてそこには誰もいない。そのすぐ下で、空と同じ鮮やかな青色の朝顔が揺れていた。


車は呉線と並走する国道を東へと向かった。

三十分も走ると町並み保存地区の案内標識があった。車を降りて、川沿いの道を百メートルほど歩き橋を渡ると、すぐ大きな瓦屋根が見えてくる。涼しげな風鈴の音がどこかから聞こえてくる。その音に誘われるように角を曲がると、両側に古風な建物がずらりと軒を並べる通りに出た。

それはまるで江戸時代の商家街のようだった。ノスタルジーを感じさせる閑静な空間だ。石畳の打ち水がキラキラと輝き、町並みの美しさを一層引き立てている。軒を並べる家々には出窓のような格子が設けられており、それがまた独特な風情をかもし出していた。戦火にさらされることなく、こんなに美しい町並みがよく広島に残されたものだと、隆司は感慨に浸っていた。

「ほら、家の格子を見てみろよ。飾り細工がしてあるだろう。それが家によってみんな違うんだぜ」

村山に言われて隆司は初めて、格子の中に施された細工に気が付いた。それぞれにデザインが異なっている。まるで切り絵や彫刻のようであった。

格子細工に続く軒先では、色鮮やかな風車がカラカラと音を立てて回っている。


格子細工が並ぶ中をしばらく進むと、右手に脇道があった。本通りから覗き込むと、入ってすぐの所に石段が伸びていて、白壁の間を真っすぐ上に向かっている。脇道に一歩足を踏み入れて石段を見上げてみると、それは山門へと続いていた。どうやら、その向こうにはお寺があるようだ。

「せっかくだ。上ろうぜ」

大西がみんなを誘った。


石段はすべて一枚岩からできており、段差は小さく奥行きの深い造りだった。石段を上りきると、京都の清水寺を思わせるような舞台を備える荘厳な寺院が姿を現した。朱塗りの柱に白壁が映えてとても美しい。線香の香りが漂う舞台に上がると、小京都の町並みを一望することができた。屋根瓦の連なりが、まるで静かに寄せては引いていく瀬戸内の波のようであった。その先には竹原の町並みが広がっている。

隆司は幸子が見たであろうこの景色を、今、自分も同じように眺めていると思うと、なんだかうれしくなってきた。

「ほんまにええ場所じゃろう」

幸子の声が聞こえてきたような気がした。


小京都を後に、再び車を走らせると忠海へと向かった。

右手には夏真っ盛りの海が広がっている。海水浴場にはビーチパラソルの花が咲き揃っていた。海の家の前にはかき氷の旗が涼しげに揺れている。光を反射する波が眩しくて、隆司はくしゃみが出そうになるのをこらえる。やがて海岸を離れて呉線と並んで進むと、標識に忠海駅という案内が出てきた。

駅前の商店街を歩くと、すぐに「壱銭洋食」と温かみのある書体の墨文字で書かれた天然木の看板が目に留まった。それほど大きくない店は、小京都で見たような格子をあしらい、どこか昔懐かしい雰囲気が漂う造りだ。

四人は店の表にかけられた藍色の暖簾《のれん》をくぐる。引き戸を開けると、店の中は冷房がよく効いていた。年の頃は五十代半ばくらいの店主が、鉄板のあるL字カウンターの向こう側から挨拶をする。

「いらっしゃい！」

しゃがれてはいるが、温かみを感じさせる調子の声だ。

鉄板のはまった木製カウンターの周りに、こじゃれた椅子が十脚ほど並んでいるこぢんまりとした店だ。四人は左端の椅子から順に並んで座る。

壁に貼ってあるメニューを、すぐに出されたコップの水を飲みながら眺めていく。左下の端が少し剥がれて丸まりかけている。その丸まりかけたすぐ上に、「昔懐かしい壱銭洋食　三百二十円」とある。

「お兄さんたちゃあ、ここに観光で来られたんかね？」

「はい、そうです」

すると店主は幸子の言った通り、尋ねてもいないのに壱銭洋食について語り始めた。

壱銭洋食は広島のソウルフードだという。戦後食糧難の頃、進駐軍から配給されたメリケン粉を工夫して食べたのがそもそもの始まりらしい。やがて鰹節《かつおぶし》と万能ネギ、とろろ昆布に透けそうなほど薄い小さな豚バラを一枚だけ乗せたものが、駄菓子屋で売られるようになったそうだ。そして、ソースをたっぷり塗って食べたという。「安くて手軽でソースの味がハイカラ」というところから、「壱銭洋食」と呼ばれるようになったのだ。

店主もその頃から、バラック小屋で商売を始めたらしい。肉が手に入らないので、魚介や練り物を使ったこともあるそうだ。そして、この壱銭洋食こそが広島のお好み焼きのルーツだという。壱銭洋食を食べずして、広島のお好み焼きを語るなとまで言い切っている。

そうまで言われては、この壱銭洋食以外を頼む訳にはいかない。四人前を頼むことにした。

大盛のキャベツに、ひとつまみのオキアミ、そして豚のばら肉の薄いのがひとひら、小麦粉はいつも見るお好み焼きより少し薄めに溶かれている。キャベツがしんなりし始めたところに鰹節にとろろ昆布、あおさ、紅ショウガを乗せて、鉄板の上で半分折りたたむと出来上がりだ。

店主がソースをハケで塗り始めると、食欲を誘う何とも言えないいい香りが広がる。店主こだわりのカープソースだという。カープソースは甘さの中にピリッとした辛味が同居していて、一度知ったら忘れられない日本一のお好み焼きソースだと力説した。

「ハイ、お待ち！　ソースが足らんかったら、前にあるのを好きなだけ塗りんさい。ただし二度付けはいけんよ」

隆司には、店主の言うソースの味の違いが正直わからなかった。

「これはうまい！　確かにソースが違いますよ」

青のりとソースが付いた口で、ハフハフしながら大西は言ったが、本当に違いがわかっているとは思えない。

「うん。うまい！　ソースが味を引き立てるさ〜」

村山も調子を合わせる。

「ちょっと辛口やけど、この壱銭洋食にはよう合うで。ほんまにうまいわ。この独特な辛味がええんやな」

中尾がそう言うのなら、間違いはないのだろう。

「のう？　全然違うじゃろ？　やっぱりカープソースなんじゃ。あんたがたあ、話がようわかるわ。ありがとのう」

店主は満面の笑みを浮かべる。

「ところで、お兄さんたちはどこから来たんかね？」

「神戸です」

「ほう、それでこれからどこへ行くんかの？」

「うさぎ島に行こうと思っています」

「うさぎ島かあ。ほんまは大久野島いうんじゃけどな、今はきれいな島じゃ。国民休暇村になっとってな、500匹以上のうさぎがおるんよ。宿泊所もそりゃあ立派なんじゃけえ」

店主はカープソースの話で隆司たちに気を許したのだろうか、続けて島の歴史を語り出す。

「大久野島はのう、戦時中は島全体が陸軍の支配下で五十棟を超える工場や発電所やらの施設があったんじゃよ。多いときには、そこで二千人以上ものお兄さんたちみたいな……いやあ、もっと若い人たちが働いとったんじゃ」

「実は昨夜泊まっている民宿でも、そんな話を聞かせてもらいました」

大西がそう言いだす。

「へえ、そうかいね。島の昔の話をのう……お兄さんたちゃあ、この近くに泊まったんか?」

「安芸津の民宿です。松風といいます。そこでバイトしている女の子が、この店も紹介してくれました」

「ほう、安芸津ねえ。店を紹介してくれるなんてええ子じゃのう。それでも安芸津の方の子が、ようこの店を知っとったねえ」

「看護実習の帰りに何度か寄ったことがあると言ってました。ご主人のこともよく知ってるみたいでしたよ。以前は、忠海に住んでたそうです」

「看護実習……忠海に住んどったねえ……」

店主は白い半そでシャツを肩までまくりあげると、天井を仰ぐ。心当たりを探っているようだ。

「女の子言うたけえ、まだ若いんじゃろう?」

「ええ。たぶん、二十歳くらいです」

合点がいかないような店主の様子を見ていた隆司は、そのまくり上げた右の二の腕に古い傷跡を見つけていた。

「以前はこのすぐ近くに、病院があったんじゃ。その頃は看護実習の子も大勢いて、確かにこの店にもよう寄ってくれとった。でもそりゃあ、元は陸軍病院じゃったけぇ、建物が古うて、すぐに移転してしもうた。それからは看護実習の子たちも姿を見せんようなってのう……まだわしが若い頃じゃけえ、その頃の子たちはなんぼ若うても四十五は超えとるねえ」

そう言いながら、店主はさらに記憶をたどっているようだ。こてを持つ手を腰に当てて、目の前の鉄板をぼうっと見つめている。

「そういやあ、あの頃は、狭い店がその看護実習の若い女の子でいっぱいになったこともあったのう……」

当時の記憶がよみがえってきたのだろう、店主が口を開いた。

「それじゃあ、ご主人、随分もてたでしょう」

大西がそう言うと、

「そがいなことはないよ。ただ、わしと話がよう合《お》うたんじゃ。みんなええ子たちじゃった」

店主の声が一段としゃがれている。

「この店に来てくれる子たちは、たいてい島で勤労奉仕をしたことがあるんじゃ。苦労した者だけがわかり合える……そがいな絆みたいなものがあって、それで年の離れたわしとも話が合うたんじゃろうねえ」

皆が戦時中に体験してきたことなのだから、それはつらい話だったに違いない。

「ということは……ご主人も島で苦労を経験されたということですか?」

隆司が遠慮がちにそう尋ねる。

「ああ……」

店主は二の腕をさすりながら、深いため息とともに何かを思い出しているかのようだった。

店主はしばらく黙りこんで思いにふけっていたようだったが、四人が食べ終わった頃を見届けると、

「これも何かの縁じゃろう……島に行く前に聞いてってもらえるかのう。わしらが語り継がにゃあ、いけんのじゃろうけえ」

コップの水を一口で飲み干すと、ゆっくりと話し始めるのだった。


戦時中、学業優秀であっても貧しくて進学できない十代の若者たちには、化学の勉強をしながら働いて、お金ももらえるいい場所があるという誘いがあったという。どうやら店主もその誘いに乗り、島の技術者養成所を受験して見事合格した一人だった。合格したときはとてもうれしくて、母親も姉妹も祝ってくれたそうだ。

「そのときは、最新の化学工場で技術者として働くことに、ほんまに胸躍る思いじゃったんじゃ」

そう切り出すと、目を細めるようにして続ける。

「それがな、島で作っとったもんは……実は恐ろしい毒ガスだったんじゃ。島全体がでっかい毒ガスの秘密工場だったんじゃよ……」

店主の思わぬ話に四人は静かに顔を見合わせる。

「養成所に行くと、そりゃあもう厳しい毎日が待っとってのう。そのときに叩き込まれた化学式は今でも頭から離れん。養成所は三年だったんじゃが、戦況の悪化と人手不足で二年で繰り上げ卒業になったんじゃ。そして実習という名目で現場の保全部門に配属されたんじゃ」

「保全というと？」

大西が尋ねると、

「早い話が修理工じゃ。工場の設備は古うて、修理の仕事に毎日追われとった。直しても、直しても、次々に故障が起きるけえ、そりゃあ、モグラたたきのような状態だったんじゃ」

腕の傷はそんな忙しい中での怪我なのだろうか。隆司はその様子を想像していた。

「どがいな仕事をしとるかは、もちろん島で見聞きしたことは、たとえ親であっても絶対に喋ってはならんと厳しく注意を受けたんじゃ。海岸を走る電車の窓も、海側はよろい戸が下ろされとった。軍の機密保持のため、島の存在すら地図から消されとったんじゃ……」

店主のしゃがれた声が次第に高ぶってくる。四人はただ黙って聞き入っていた。

「ちょうど、わしが現場に出た頃には学徒動員や女学生の勤労奉仕もあった。十三、四の女子学生も勤労奉仕をさせられとって、その子たちは、一滴の血も流さんで敵の戦意を消失させる人道的な化学兵器を作っとると教えられとったんじゃ」

店主はきっと看護実習の女学生のことを思い浮かべているのだろう。

「直接薬品を取り扱う現場では防毒マスクと防護服を着用させられるんじゃが、すべて共用じゃけぇマスクは緩うて、防護服と長靴の間にもすき間があった。じゃけぇ、すき間や縫い目の穴からは蒸発したガスが入ってくるんよ。咳をしながら働く人も多くて、島でしばらく働いとるとみんな肌が黒ずんできとった。体に水ぶくれやただれができて痛がる人も大勢おって、まさに多《おお》い苦《く》の島じゃったんじゃ……」

店主のしゃがれ声もそのせいなのだろうと隆司は思った。

「終戦を迎えても、島の経験者たちにとっては闘いは終わらんかった。肺や気管支の病気に侵されて苦しむ人が多く、何年も経ってから肺がんを発症して命を落とす人も少なくなかったんじゃ。ほいで今でもまだ、大勢の人が後遺症と闘いよる。病気がうつるという根も葉もない噂が広まって、咳がひどうなったりすると住んどった場所を追われて、引っ越しせんといけんようなった人もおったわ……」

店主はまだ何か思いを巡らせているようだったが、ぽつりと呟く。

「すまん。つい長うなってしもうたわ」


「こんな気ままな旅行をしている俺たちは、恵まれすぎているんだろうな」

店を出ると大西が、みんな感じているだろう思いを代弁する。

「その通りだと思う。島じゃあ、ひどい環境で過酷な労働を毎日やらされていたんだ、きっと」

村山の言葉に、隆司は紡績工場での女工哀史の光景を頭に浮かべていた。まだ十三、四歳の少女が親元を離れて、過酷な労働を強いられる。

すると、大西が他の三人に疑問を投げかけた。

「ところで日本軍が毒ガス兵器を毎日作っていたということは、それをどこかで使っていたということだろう。その犠牲者も大勢いるということになる。そんな話知らないよな?」

もっともな疑問だ。

「それは聞いたことがないな。教科書に原爆のことは載っていても、毒ガス戦のことなんか載ってなかっただろう」

「そもそも歴史の教科書って昭和史はわずかなページやし、しかも最後やったから、授業でも時間切れみたいな感じで、省略してたような気がするわ」

村山に続いて中尾が言う。

「意図的にそうしているんじゃないのか？　昭和史になるとデリケートな問題が多すぎるから。ましてや加害者としての歴史となれば……」

大西が言うと、村山は加害者という言葉に納得がいかないようだった。

「加害者かあ……結果的にはそういうことになってしまうんかなあ」

その経緯は隆司にはわからないが、父親が最近、戦争体験手記を書き始めているのを知っていた。実家に帰ったとき偶然、リビングのテーブルの上に置かれたその原稿の一部を、ちらっと読んだことがある。

「東洋平和のために駆り出され、祖国と日本民族を守るという崇高な使命に燃え戦った。それを侵略に服したなどと言われたのでは、英霊も浮かばれない」

確か、そんな表現があった。

うさぎ島へは船でわずか十五分ほどだった。

土曜日だというのに、昼過ぎの中途半端な時間のせいか家族連れが二十人程度乗船しているだけでかなり空いている。揺れることもなく、甲板の上を心地のよい潮風が通り過ぎる。時より水しぶきも飛んでくるが、それがまた心地いい。左舷前方にすぐ、緑豊かでこぢんまりとしたきれいな島が近づいてきた。

船を降りて桟橋を揺らしながら渡り終えると、砂地にヤシの木が並び風に葉をゆらせていた。その奥の広場には緑の芝が広がり、真っ白な宿泊施設へと繋がっていた。

広場に足を踏み入れると、あちこちから白や茶色、グレーやまだら色のうさぎが集まってきて、船を降りたばかりの客を出迎えてくれる。ずいぶんと人馴れしているようだ。島の歴史を知らずに訪れれば、まるでうさぎの楽園かのような平和なリゾート地だ。

ニンジンやキャベツをビニール袋に入れて持参してきている家族連れもいて、集まって来たうさぎたちがそれらをねだっている。うさぎも誰が餌をくれそうなのかをよく知ったものだ。

小さな女の子がうさぎに触ろうと、こわごわと手を伸ばすと、うさぎの耳がぴくっと動く。そのたびにキャーキャーと歓声を上げている。

四人の周りにもうさぎが集まってきたが、餌をもらえそうにないとでも思ったのか、すぐに家族連れの方に行ってしまう。それでも隆司の足元にだけは、五匹ほどが残っている。足の周りをぐるぐる回りながら、鼻先をつんつんと押し付けてくる。

「岡本、お前うさぎにはもてるんだな」

大西が茶化す。

「前世がうさぎやったんちゃうか？　サメをだまして皮をむかれた。悪いやっちゃ」

中尾も加わる。

「馬鹿言え。それにしても、ニンジンとかの匂いがするのかなあ。まいったなあ」

隆司はそう言いながらも、悪い気はしない。幸子の言った通りうさぎはかわいくて、その愛くるしい仕草を見ているだけでとても癒される。

名残惜しかったが、うさぎたちと別れて島を回ることにした。

案内板によると、島の周りを一周できる道があるようだ。所要時間は約一時間と書かれているので、せいぜい四キロほどだろう。少し暑いが、海を見ながら風を感じて歩けば大した距離ではない。

「よし。頑張って歩こうぜ！」

大西が自販機で缶ジュースを買いながら気合を入れる。


潮風を感じながら海沿いの道を歩き始めるとすぐに、生い茂る緑の中に埋もれるコンクリート造りの建築物が見えてきた。かまぼこ型のトンネルのような部屋が二つ並ぶ廃墟だ。中は焼け焦げたように真っ黒で、何の目的の建物かはわからないが戦時中に使われていたものに違いない。

振り返れば、目の前に青い海が輝き、心地のよい風が吹いてくる。本来ならこんな大自然に似つかわしくない建造物のはずなのに、周りの風景に溶け込んで見事に同化している。

島を半周くらい回ると、今度は斜面の土の中に埋もれる赤茶色のレンガ造りの建物があった。白っぽいアーチ形の縁取りが、その赤茶色の上に並ぶ洋館風のとても美しい造りだ。フォルムとレンガの色が周りの緑に映え、まるでうさぎの楽園のために造られたオブジェのようにも思える。しかし、実はこれも戦争遺産なのだ。

「ここにも資料館みたいなものを建てるべきやな」

中尾の言葉に村山もうなずく。

「確かにそうだ。お好み焼き屋のおやじさんみたいな語り部も必要だぜ」

「あの人、あれでも実は、ずいぶんとオブラートに包んだ話をしたんだろうな……」

大西がタオルで汗を拭きながら言う。

「ところで終戦後、毒ガスはどうしたんだろう？」

隆司は疑問に思った。

「そりゃあ、焼却処分とか化学的な中和処理みたいなのがされたんだろう」

村山が言う。

「そやけど、海にほったり、埋めたりしたかもしれへんで。ひょっとしたら、この下にも埋まっとうかも」

中尾が恐ろしいことを言い出す。

「もし、そうだとしても、再開発のときに掘り出して処分しているだろう」

大西が言うと、村山が続ける。

「確かに終戦直後は、中尾の言うようにずさんな状態だったかもしれんな。でも、今は大丈夫だろう。ここまでになるには、色々あったんだろうけどさ」

日差しはきつかったが、海からの風が心地よく、歩くことも全然苦ではない。木陰に入れば十分に涼しく、空気が乾燥しているのだろう、べとべととした不快感はまったくなく過ごしやすかった。

緩やかな坂を上りきると、光り輝く緑が砂浜まで続いている。まるで緑と青で塗りつぶしたキャンバスのようだ。その中に、くっきりと浮かび上がる赤い花を隆司は見つけた。燃え上がるような真紅ではないが、周りの緑がぼやけた赤い色をきりっと際立たせている。それはまさしく、キョウチクトウの花だった。

実は隆司にはキョウチクトウの花や葉には、やたらに触ってはいけないと子どもの頃に教えられた記憶があった。キョウチクトウには強い毒があるという。生木を燃やして出る煙にも毒性があり、木が植わっている回りの土壌にも毒性が及ぶらしい。

他の三人はそんなことはまったく知らないようだったが、今は言わない方がいいと隆司は思った。

青い海が白い波を立て、砂浜の輪郭を縁取っている。まもなく緑の島を一周することになる。出航の合図なのだろう船の汽笛が聞こえてきた。

そのとき、道端の草むらから真っ白な一匹のうさぎが飛び出してきた。隆司の足元で止まると、顔色をうかがうかのように耳をピンと立てて覗き込んでいる。泣き止んだ後の子どものような赤い眼をしている。昨夜の幸子の潤んだ瞳を、隆司は思い出さずにはいられなかった。

うさぎはまるで隆司を誘うかのように、くるりと向きを変えると、その先の道脇にある小高い丘の方に向かった。ひげをぴくぴくさせながら何度も後ろを振り返り、まるで隆司が後をついてくることを確認しているかのようだ。

その丘は、明らかに人工的に造られた大がかりな土手のようだった。うさぎが向かう先には、その土手を横切る小さなトンネルがある。

「こっちに来んさい」

隆司はそんな声が聞こえたような気がした。うさぎが吸い込まれるかのようにトンネルの闇の中に消える。その後を追うように隆司もトンネルに走り込んだが、目が慣れる前にうさぎの姿を見失ってしまった。

思ったよりトンネルは長く、出口から差し込む光が随分向こうに見える。そして陽《かげ》炎《ろう》のようにゆらゆらと揺れている。灯火に身を投じる夏の虫のように隆司は、揺れる光の方へと引き寄せられていった。

トンネルを抜けると、周りの木々の色と同化したような建物があった。裏手の斜面に埋め込まれるように造られており、正面の一部だけが姿を見せている。外壁にはツタが絡まり、大きな鉄の扉はさびて土の色になっている。

すると、建物の手前に日傘をさした女性が蝉時雨《せみしぐれ》の中、ひとり立っている。木立から漏れる光が、淡いベージュ色の傘をまだら模様に染めている。白いブラウスに紺のパンツ、地味な服装だ。髪はアップにしており、きれいなうなじが露《あら》わになっている。

「あれ、平原さん?」

隆司が声をかけると、その女性が振り返る。

幸子だ。

首を少し傾けてにこりと笑うその姿に、またもや隆司は魔法のように引き寄せられていた。


「うちも、久しぶりにここに来てみました。何かようわからんけど、今日はここへ、どうしても来んといけんような気がしたんです」

「そうだったんですか」

「きれいな島じゃろう？」

「はい」

隆司にはここで幸子と出逢うことが、なぜだかずっと前から運命として決まっていたかのように思えた。

「壱銭洋食、行きましたよ。美味しかったです」

「そうなんじゃあ。おっちゃんは元気にしとられましたか？」

「ええ」

「壱銭洋食のいわれも聞けたじゃろう？」

「聞きました。壱銭洋食は広島のソウルフードだって……」

隆司も幸子の横に並んで一緒に建物を眺める。幸子はさり気なく日傘を持つ手を伸ばし、隆司にも影を作った。

「ありがとう」

「ここは土手に囲まれとるけえ、風が通らんで暑いじゃろう」

「まるで城壁のようですね」

今潜り抜けてきたトンネルの方を振り返りながら隆司が言う。

「そうじゃろう。建物が海から見えんよう、隠すために造られたんじゃよ」

「へえ、そうなんだ」

日傘の下から改めて見渡すと、土手の上に伸びる木々もこの場所を覆い隠すように植えられているようだった。

「それじゃあ、この建物が毒ガス工場だったってことなんですか？」

隆司が尋ねると、幸子の笑顔が急に消えた。

幸子はとても悲しそうな目をして空を見上げた。涙をこらえているようだ。興味本位で尋ねたことが、幸子を悲しませてしまったようだと隆司は後悔をしていた。幸子の身内がここで働いて被害にあったのかもしれない。気まずい沈黙の中でセミの声が一段と大きく響き渡る。

「おっちゃんが毒ガスの話もされたんじゃね」

「ええ、話してくれました」

「これまではそがいな話は絶対にせんかったのに。どうしたんじゃろう……」

するとと隆司の目を見つめ、何かを吹っ切るような口調で幸子が言う。

「うちと、一緒にこの中に入ってみませんか？」

「えっ、この中に？　中に入れるんですか？」

「うん。あんまり長くは中にはおれんのじゃけど……ここで何が行われとったかがようわかります。見てもろうた方がええと思う」

扉の前まで行くと、かび臭さに混じって不思議な匂いがしてきた。これまでに嗅いだことのない不思議な匂いだ。

幸子が扉の取っ手を引くと、ギギーと音を立て始める。音の割には、それほど力を入れなくても開くようだ。わりと最近開け閉めされたことがあるのか、蝶番《ちょうつがい》は見た目ほどにさび付いてはいない。

「この暗い中じゃけど、ほんまに一緒に行けますか?」

幸子は念を押すように尋ねる。

「うん、もちろん。大丈夫」


薄暗い中に足を踏み入れると、不思議な匂いが一段と強くなった。明り取りの窓から差し込むわずかな光が、中の様子を浮かび上がらせている。コンクリートの床はひび割れ、壁は崩れ落ちて鉄骨がむき出しになっていた。

大丈夫とは言ったものの隆司が不安げに辺りを見渡していると、さっき日傘を持っていた幸子の手には奇妙なお面のようなものがあった。いったいどこから持って来たのかわからないが、足元には薄茶色に汚れた雨合羽のようなものも置かれている。防毒マスクと防護服だ。

「これを着んさい。そうすりゃあ、姿を見られても怪しまれんけえ。マスクは顔も隠すし命も守るから」

何を急に言い出したのかと思ったが、隆司は言われるがままに防護服を身に着け始める。少し小さくて窮屈だったが、なんとか着ることができた。防毒マスクを着けると顔がすっぽりと覆われて少し息苦しい。

同じ服とマスクを身に着けた幸子が右手を差し出す。

「さあ、一緒に行きましょう。手をしっかりと繋いで離さんようにね。ええ？　絶対に離したらいけんよ」

マスク越しの声はこもっていて少し聞き取りにくかったが、確かにそう言った。いつもの幸子の口調とは随分違っている。まるで小学校に入学したばかりの子どもに言い聞かすときの、ベテラン教師のようだった。

隆司は不思議に思いながらも、幸子の手に自分の左手を重ねる。小さくて、とても柔らかい手だ。強く握ると壊れてしまいそうなので、そっとやさしく握る。

「隆司さんって、やさしいんじゃねえ」

「ええ？」

「うちにはわかるんよ」

そう言った後、幸子の手に力が加わる。少し痛かったが、隆司は思わず声が出そうになるのをこらえた。

「いい？　絶対に手を離さんでね」

薄暗い中、ひび割れた床の上を手を引かれるようにして、五、六歩は歩いただろうか、周りは突然、漆黒の闇になった。すると、目の前に映像が浮かび上がってくる。それは映画を見るかのように、次々と入れ替わっていく。


子どもの周りに走り寄ってくるたくさんのうさぎ。

悲しみをこらえて涙を浮かべているお好み焼き屋の店主。

鉄板を前に並んで座っている二人の少女。

海沿いを煙を吐きながら走る汽車。窓によろい戸が下ろされた客車。

咳込みながら倒れ込む人。

着岸した船から降りて来る若者たち。

続いて降りてくるあどけない顔の少女たち。

目まぐるしく移り変わる映像に、隆司は目眩《めまい》を感じた。それなのに不思議と、つまずくことなく歩き続けることができる。というより、幸子に手を引かれていると、身体がとても軽く感じられるのだった。足を上げて一歩進もうとすると、宙に浮くようにして何メートルもの距離を一気に進んでいる。

やがて前方に明かりが見えてくる。幸子に手を引かれるがまま、明かりの中に飛び込むと、いつも通り足に重力を感じるようになった。外の暑さに比べて室温が多少低いのだろう。窮屈な防護服と防毒マスクを着けていても、かろうじて耐えることができる。

天井にむき出しになっている鉄骨からは、いくつもの明かりが吊り下げられている。皿のように丸い傘の下の裸電球がその明かりの正体だ。窓は一つもなく光はまったく入ってこないが、電球の下は随分と明るい。その下にはドラム缶が何本も並べられていて、ゴーという機械が回るような音が伝わってくる。どうやら工場のようだ。

十メートルほど先には赤茶色をした円柱状のタンクが大小、何基か並んでいる。小型のタンクの前では薄茶色の防毒マスクと防護服、ゴム長靴にゴム手袋を身に着けた人たちが働いている。その手元を見やると、どうやらタンクから伸びるホースのようなものを使って、手元の容器に何かを注入する作業をしているようだ。

「ここは危ないけえ、急いで行きましょう」

隆司は幸子の後ろを離れないよう、作業をしているすぐ横を進む。

ノズルの先から液体が滴り落ちるのが見える。水飴のようにどろどろとしたねばりのある薄い褐色をした液体だ。筒には何かの印なのだろう、黄色い帯が一本塗装されている。

そして、一番奥にある大きなタンクの横を通り過ぎた直後だった。

「おい」

突然呼び止める声がする。

隆司の足がとっさに止まる。心臓が震えて血の気が引くのがわかる。唾《つば》をごくりと飲み込んでゆっくり振り返る。幸子も隣で振り返っている。しかし黙々と作業をする防護服姿の人がいるだけで、声の主は見当たらない。

「おい、こっちじゃ」

再び声がした。よく通る若い男の声だ。どうやらタンクの上から聞こえてくるようだ。二人が見上げると、薄暗い大型タンクの上から防毒マスクが見下ろしている。

「あんたらあ、新入りか？」

「はい。そうじゃが、どしたん」

幸子が平然と答える。

「そこの工具箱の横にある細い管を一本取ってくれんか」

どうやら男はタンクの修理をしているようだ。

周りを見ると、蓋が開いたまま床に無造作に置かれている工具箱の横に、長さが一メートル程ある細い金属製のパイプが束ねて置いてある。隆司はその中から一本を引き抜くと、背伸びをして男に差し出す。

男はいっぱいに腕を伸ばして受け取りながら、

「ありがとのう」

思いもかけないやさしい言葉を返してくる。何事もなかったことで隆司は心底ほっとしたのだが、その声は何だか聞き覚えのある温かい声のような気がした。

「ええか、新入り。シューシューと音を立てとる所にゃあ、絶対に近づいたらいけんで。危ないけえ。悪いが人手が足らんで、修理が追い付いていかんのじゃ」

「わかった。気いつけるよ。ありがとう」

幸子が答えると、タンクの上で男は小さく手を振り返した。

タンクの裏側からは太いパイプが伸びていて、工場の奥へと続いている。天井や電球の上の壁は薄暗く、空間が明暗によって二分されていた。壁には大きな排気口があり、鉄格子の中で大きな羽根がゴーという音を立てて回っている。その奥にも機械のようなものが並んでいるようだ。

左側のコンクリートの壁の薄暗いところには、腰の高さくらいの柵が取り付けられた建設現場の足場のような細い通路がある。そして所々に木製の梯子がかけられていた。

「ここから上りましょう」

幸子に続いて隆司は、一番手前にある梯子を上り始める。幸子は何度もここに来たことがあるのだろうか、手足の運びは軽やかですいすいと上っていく。

通路は二人並んで歩くのがやっとの幅だ。滑り止めの模様が施された足場の鉄板はさびて赤茶けている。柵はあるがとても細く、頼りないものだ。

通路からは工場の中を一望することができた。一見、近代的なパイプラインのようにも見えるが、パイプの継ぎ手やそれを止めるボルトはすべて赤くさびている。あまりにも傷みがひどい。

通路を進んでパイプの先を目で追うと、螺旋《らせん》状をした奇妙な装置に繋がっている。その横には隆司が両手を広げたくらいはある直径の、茶色い壺のようなものがいくつか並んでいる。どうやらそれは陶磁器でできているようだ。その周りには足場が組まれていて、そこでも防毒マスクと防護服で身を固めた人たちが何人も働いていた。うっかり足を踏み外しそうないい加減な足場だ。防護服はずいぶんと傷んでいて、破れかけているものもある。

奥の一基の壺は蓋が開いていて、そこにバケツのような容器から直接原料と思われるどろどろとしたものを投入している。もう一人は金魚鉢のようなガラス瓶から、透明な液体を同じように投入している。そして別の一人が、棒のようなもので壺の中をかき混ぜている。

異様な光景だった。得体の知れないものを次々に入れた鍋を、かき混ぜる魔女のように薄気味悪ぃ。

液体の入ったガラス瓶を台車に乗せて、壺まで運んで来る小柄な人がいる。長靴を履いて防護服と防毒マスクを身に着けているが、その身のこなしやシルエットから女性だろうと隆司は思った。長靴はぶかぶかでとても歩きにくそうだ。

ガラス瓶がガタガタと揺れている。台車はひまわりの花ほどの大きな車輪が付いており、車軸がすり減っているのかキュルキュルと音を立てている。それもまた、隆司には不吉な音に聞こえた。


「ひょっとして、これで毒ガスを作っているの？」

あまりにも無防備な作業の様子に驚いた隆司は幸子に尋ねる。

「しぃ……」

振り返った幸子が、右手の人差し指をマスクに当てる仕草をしている。

「平和を守るための、化学兵器を作っとるんよ」

「平和を守る？」

「そう。みんな戦争を終結させるための人道的化学兵器じゃと教えられとるん。おっちゃんからも聞いたじゃろ？　爆弾や銃弾は人を殺すけど、この化学兵器は一時的に敵を麻痺させて戦意を失わせるだけで、時間が経てば回復する。爆弾や銃弾のように人の命を奪うことはないと……」

壁際の床には、竹ひご製の鳥籠が置かれていた。中には十姉妹《じゅうしまつ》が二羽入っている。有毒ガスが漏れたことを、小鳥の様子で知るためなのだろうとすぐに隆司は理解した。「炭鉱のカナリア」というのを聞いたことがあったからだ。さらに鳥籠が床に置かれていることから、空気より重いガスを警戒しているのだろうとも思った。

時々、防毒マスクをしたままでひどく咳込む人がいる。とても苦しそうだ。隆司が心配して見ていると、とうとうその場にしゃがみ込んでしまった。

「あの人、大丈夫なんだろうか？　なんだかとっても苦しそうだよ」

「あの人だけじゃあないよ。壺の周りでしばらく働くと、みんなあんなふうに咳をしたり、涙を流したりするようになるんよ。そのうちに血が混じった痰《たん》を吐いたり、体にただれや水ぶくれができるようにもなるん……じゃけえ、壺での仕事じゃあ一時間働いたら、一時間休憩なんよ。そうせんと、命が持たんけえ」

しゃがみ込んだ人のもとに一人歩み寄ってくるが、その歩き方はとてもぎこちない。防護服を着ているからただ歩きにくいのだろうか。他の何か深い理由があるのだろうか。

「歩きにくそうだね。防護服に長靴では」

「体にただれや水ぶくれができ始めよるんじゃね。衣服と擦れてそりゃあ痛いんよ」

こんなにきつくて危険な所でよく働けるものだと、隆司は思った。そもそも、これが化学工場と言えるのだろうか。消火栓も消火器もない。代わりに防火用なのだろう、工場のあちこちに水の入ったバケツが無造作に置かれている。

不安そうに周りをキョロキョロと見渡している隆司に気付いた幸子は、

「大丈夫、心配せんでもええよ。ただ、マスクは絶対に外さんようにしんさいね」

そう言うと、首を少し左に傾けた。マスクのせいでその表情を知ることはできなかったが、隆司の不安を和らげようとやさしい目で語りかけてくれているに違いない。

幸子に続いて先に進むと、赤茶けたさびの浮いた鉄骨の支柱の間に通用口のような扉があった。扉のすぐ横の薄汚れた壁には黒板が掛けられている。「決戦一路　生産増強　注意に勝る設備無し」と大きな文字で書かれていたが、こんなひどい設備の中、人の注意だけで安全を守れるはずがないと隆司は思った。それでも不平不満を口に出すことなど、とても許されないのだろう。

その文字の下には何やら、スケジュールのようなものが書かれている。どうやら、工場は二十四時間稼働しているようだ。黒板の右端に目をやると、白いチョークで「七月二十八日（土曜日）」と書かれている。確かに今日は七月二十八日、土曜日だ。まぎれもなく今日の日付である。一体、どうなっているんだろう……。

するとそのとき、ガチャン！と突然、何かを落とすような大きな音がした。同時に、ぎゃあ！と天井を突き抜けるようなかん高い悲鳴が響き渡る。振り返ると今見てきた壺の手前で、台車がこちらに腹を向けて倒れている。すぐ横には防護服の人が崩れるように座り込んでいた。

二人はどちらともなく通路を引き帰して様子をうかがう。横たわった台車の手押し側の車軸が真っ二つに折れている。割れたガラス容器が二つ転がり、周りのコンクリートの床は大きなしみができたように黒ずんでいた。割れた容器の底には、まだいくらか液体が残っている。

「原液をこぼしてしもうたんじゃね。きっと、長靴の中にも入ってしもうたんじゃ……」

幸子が言う。

すぐに一人がバケツを運んでくると、その足に向けて一気に水をかける。バシャ！という音とともに、ガラスのかけらとしぶきが飛び散った。別の二人も両手にバケツを持ってくると、勢いよく次々に水をかけていく。あちこちに置いてあったバケツの水は、どうやらこのためらしい。

「どうした！」

やがて騒ぎを聞きつけた一人の男が、防護服と防毒マスクを着けたまま駆けつける。

「こりゃあいけん……」

タンクの修理をしていた男に違いない。男は近くにあったヤットコのようなものを使って長靴を剥ぎ取るように脱がせる。そこへさらに新しい水をもう一度、勢いよくかける。

「痛い……」

マスク越しに聞こえていた悲鳴は、泣き声に変わっている。まだ、年の若い女性の声だ。

さらに一人、小柄な防護服姿が駆け寄る。おそらく女性なのだろう。長靴を脱がせた足の防護服を腿《もも》の辺りまで切り裂き、その足を新しく運んできたバケツの水に漬けさせる。

泣き声を上げる女性の手を握ると、落ち着かせるように何か耳元で話しかけているようだ。膝から下は真っ赤にただれて痛々しく、ひどく腫れているのが隆司のいる場所からでもよくわかる。


するとさらに何人もの防護服姿が床辺り一面に、バケツの水をかけ始めた。

「おい、そこに水をかけるんじゃない！」

修理の男が大声で叫ぶ。しかしその声も叶わず、割れた瓶にも水がかかってしまう。

割れた瓶の底に残った液が突然、激しく沸き立ち、吹き上がる。見る見るうちにガラス瓶のひびは広がり、破片が勢いで飛び散り始めた。スパッ！という音とともにガラス瓶の大きな破片が宙に舞い上がり、弧を描く。

「危ない！」

男が二人の女性をかばおうと右腕をとっさに伸ばす。そこに宙を舞った大きな破片がスローモーション動画のように落ちてくる。そして男の腕を直撃し、防護服の上から突き刺さった。

「あっ！」

女性たちが悲鳴のような声を上げる。

しかし男は、何事もなかったかのように仁王立ちしたまま黙ってうなずき、自分の腕からそのガラスの破片を抜き取った。一瞬にして周りが血で真っ赤に染まる。

手当てをしていた女性は慌てて立ち上がり、バケツを取り上げるや否や水を男の腕にかける。そして手拭いをつかみ取ると、男の二の腕をきつく縛り始めた。

「何てことだ……」

隆司はそう言いながら隣を見ると、そこにいるはずの幸子の姿が見当たらない。隆司は目を疑っていた。どこに行ったのだろうか。通路の先にもいない。

不安な気持ちでいっぱいの隆司の耳に、やがて通路の下の方から女性の声が聞こえてきたような気がした。女性は男の腕を縛りながら何かを訴えているが、男はそれをなだめるかのように首を横に振っている。「大丈夫だ。心配するな」とでも言っているのか。女性はその後も何かを伝えているようだったが、その声は隆司にまでは届かない。

腕の止血を終えると女性はゆっくりとうなずく……そして、首を少し左に傾けた。

「えっ⁉」

隆司は思わず声を上げた。

あれは、もしかして……。


すると突然、けたたましい足音が天井や壁に反射して響き始める。防毒マスクを着けた軍服の兵隊が二人、通用口の方からこちらに向かってやって来た。

「見つからんようにしんさい」

隆司は耳を疑った。隣を見ると、そこには幸子が居るではないか。

隆司は幸子に頭を押さえられ、慌てて通路にはみ出した鉄骨とL字のパイプが重なる陰にしゃがんで身を隠す。すき間から様子をうかがうと、さっきの防護服の二人が消えていた。兵隊は敬礼をして直立する防護服の一人を突き飛ばし、何やら大声で指図をしているようだ。

すぐに担架が運び込まれて、倒れた防護服の女性がその上に移される。そこへ、もう一度勢いよく洗い流すようにバケツの水がかけられた。寝かされた女性は痛みのせいか、小刻みに震えている。

兵隊は防護服の作業者に痛がる女性を乗せた担架を持ち上げさせると、通用口のある方に向かわせる。周りにいる人に一言二言指示をしたかと思うと、すぐに担架の後を追った。まるでその場からいち早く逃げ出すかのように急ぎ足で歩いていく。そしてすぐに担架を追い越すと、そのまま先に行ってしまった。

「あの子、大丈夫だろうか？」

「やけどの跡は残るじゃろうけど、命に別状はないよ」

「腕を怪我した人は？」

「心配ないよ。でも……」

女性を運び去った床にもバケツの水が何杯もまかれ、デッキブラシを持った防護服姿の人たちが床をこすり始める。

「何か中和剤のようなものはないの？」

「石灰や重曹で中和ができるんじゃけど、そんなんは、もうここにはないんよ」

「じゃあ、どうするの？」

「たくさん水をかけて洗い流すんよ。鉄に触れると水素を発生させるけえ、危険じゃから」

幸子は看護師を目指すだけあって、さすがに薬品にはくわしいようだ。

その後もバケツで何度も水をまいては、二人が床をブラシで念入りにこすり続けている。しかし、他の人たちは何事もなかったかのように黙々と作業を続けていく。

「こんな事故があったというのに、みんな平気なのだろうか？」

「平気な訳がなかろう。でも、生産が止まればみんなが叱られる。それどころか、貴重な原液をこぼしてしもうたんじゃけえ、そのうえ生産が止まれば見せしめの懲罰を受けることになる。連帯責任なんよ」

幸子は冷静だった。

「それでもこぼしたのが原液じゃけえ、まだよかったんじゃ。さっき見た黄色の液なら、大変なことになってしもうとった。あれは皮膚だけじゃなくて、体の中も腐らせるんじゃよ。除染用の次亜塩素酸やら、もう一滴もない」

「そんな事故もあったんだ」

「事故はなんべんも起こっとるんよ」

幸子はそう言うと隆司の手を取り、引っ張るようにして先に進み始める。二人の背後では、水をまく音がまだ響いていた。


二人が行く先にも赤さびが浮いた太いパイプがさらに伸びているが、その奥は霞んでいてはっきりと見えない。パイプのどこかからシューシューと何かが漏れるような音がしている。隆司はシューシューと音のする所には近づくなという忠告を思い出す。ひょっとしてここで漏れているのは、毒ガスなのかもしれない。

幸子の足の運びが早まり、隆司の手を引っ張る力が強まる。それに従って早足で進むと、やがて通路は壁伝いに左の方に曲がっていく。そして、その角に差しかかったときだった。

隆司が瞬きをしている間に光景が一変した。瞬きをするとほんのわずかな時間だが、視界は真っ暗になる。しかしその前後で矛盾がないように、脳が視界をつなぎ合わせているというのを聞いたことがある。それなのに一瞬の間に、周りの様子がすっかり変わっていたのだ。これでは矛盾を修正する暇もない。まるで、瞬間移動でもしたかのようだった。

壁の色が薄汚れた灰色から白い色に変わっていて、そのせいかとても明るく感じる。十人ほどがそれぞれの作業台に向かって働いていた。防護服は身に着けておらず、白っぽい色の作業服を着て、頭には白いたすきを巻いている。みんな若い女性だ。おそらく十三、四歳だろうと隆司は思った。

作業台の上には直径十センチほどのガラス玉のような物が並べられていた。ビール瓶のような茶色で、その一か所に口が突き出している。中はどうやら空のようだ。

作業服の少女たちが、その口もとに輪を作った紐を括り付けてきつく縛っている。まるで同じ作業をずっと繰り返し、手を休めることなく作業を黙々とこなしている。まるでロボットのように。もちろん通路にいる隆司たちに気付く様子もなかった。

「すごいね。早い」

「勤労奉仕の子たちじゃよ。みんなこれが御国の役に立つことじゃと思うて、一生懸命に奉仕しとるんじゃよ」

ガラス玉の大きさからして、中に毒物を入れて人が投げつけるものだろうと隆司は思った。

「あれは、手投げ弾のようなもの？」

「そうじゃよ。ちび弾と呼ばれとる」

「中には、その……化学兵器を入れるんだ」

「うん」

見る見るうちにガラス玉が箱に詰められていく。

「本土決戦に備えて作っとるんよ。こうして奉仕しとりゃあ、今に神風が吹くと皆信じとるんよ」

「神風？」

「うん、神風。神州不滅。神の国の日本が戦争に負けるはずがないと全員教えられとるんよ。昔、蒙古軍が攻めてきたときも、神風が吹いて勝利したとね」

「そんな馬鹿な……」

「でも、ここで働いとるうちはまだ安全じゃけえ。慣れてくると、さっき見た薬品を運ぶようなことを手伝わされるようになるんよ。そうすると、身体が……」

そう言いかけたまま、幸子はしばらく固まったかのように奉仕作業の少女たちの様子に見入っていた。

再び幸子に手を引かれて通路を進むと、人の背丈より少し高い板壁があった。その板壁で仕切られた先では機械作業をしている。

「呉にあった機械をここに疎開させてきたんよ。前はこの場所で発煙筒を作っとったんじゃけどね」

幸子が教えてくれる。

モータの音に混じって、キーンという金属を削る音が響いている。それはまるで、生き物が苦しそうな悲鳴を上げているかのようだ。寸法を確認しながら慎重に何かの部品を作っている。

作業をしている人はゴーグルのような物だけを着けていて、防護服や防護マスク、手袋は身に着けておらず、白っぽい色の作業服を着ている。しかしその作業服は汚れがひどく、所々に穴もあいていた。ここで働いているのは比較的年齢が高い男性で、おそらく自分よりも年は上だろうと隆司は思った。皆顔が日に焼けたように真っ黒だ。

「動けんほど咳がひどうなると、医務室に連れていかれるんよ。それで戻ってくると、大抵はすぐに薬品を触らん仕事に変えられる。階級も給料も下げられるんよ」

そう言われてみると、機械作業をしている人たちはみんな咳がひどい。

「実は、そのまま戻って来ん人もおるんよ」

「戻って来ない人って？　医者に言われて入院するってこと？」

「そんな甘いことではないんよ。辞めさせられるんよ。仕事ができんようになったら用なしなん。兵隊に行くこともできんのじゃけえいうて、何の治療もしてもらえんのんよ。自分で医者にかかっても、ここで働いとったことは絶対に黙っとるように言われるけん」

「せめて薬くらいもらえないの？」

「ここで働いとる間は薬ももらえるけど、ただの足手まといでは薬なんかもらえる訳がないんよ。それに薬いうても、天花紛《てんかふん》からうがい薬程度。治療法がようわからんのよ。元気の出る薬じゃけえと栄養剤を出されることもあるんじゃけど、実はそりゃ覚醒剤なんじゃと」

どうしてそんなに身体がボロボロになるまで働くのか、隆司には理解できなかった。

「こんな所、さっさと辞めてしまえばいいじゃないか。なんで縛られてなきゃいけないんだ」

「ここを辞めたら、一家が皆食べていけんようになるじゃろう。それに、自分の都合では辞めませんと誓約書も書かされとるんよ。憲兵にも見張られとるし……誰も逃げ出すことはできんのよ」

「そんな……ひょっとして、亡くなった人もいるんじゃないの？」

幸子はすぐには答えない。少し間をおいて、小さな声で言う。

「本当はたくさんおるようなんよ。それに、身体をめいでここを辞めさせられたら、その後でどうなったかわからんじゃろう」

「……」

機械音に混じって、何人もの苦しそうな咳が響いてくる。

「なんで、みんなこんなひどい目に合わなきゃいけないんだろう」

「じゃけえ、平和を守るためなんよ、早う戦争を終わらせるために。みんな御国へのご奉仕じゃ思うとる。敵を打ち負かすためには、死ぬことも恐れてはいけんと教わっとるん。本土決戦、一億総特攻なんよ」

幸子は苛立ったように少し早口で答えたが、すぐに落ち着いた口調に戻って続けた。

「でも、ほんまは自分が生きるために、そして家族が生き残るために働くんよ。憲兵の目や密告を恐れて、つろうても歯を食いしばって」

隆司にはとても悲しく思えた。人の命を奪う兵器を、大勢の命を犠牲にして作っている。しかも、徴兵前の未来ある若者や子どもを集めて作らせているのだ。

「ひどい話だ……」

「そうじゃね。でもそれが戦争なんよ」

そう答える幸子の声が再び険しくなった。そして独り言のように言う。

「戦争で一番恐ろしいんは、洗脳じゃよ。洗脳でゆがんだ正義感が生まれる。戦争に勝つためなら大勢の命を奪うことも、失うことも正義なんじゃけえ。人間が人間ではなくなるんよ」

いったいどうなっているんだろう。

隆司は目の前の光景が現実ではなく、きっと夢を見ているのだろうと思った。いや夢に違いないと思った。たいていの夢は、それを夢だろうと思ったところで突然目が覚めるものだ。しかし、決して目が覚めることはなかった。


まもなく通路は行き止まりになった。

建物の一番端まで来たのだろう。通路に掛かった梯子を降り、左右に並ぶ棚の間を進むと大きな鉄の扉がある。その鉄の扉の左下には扉の一部をくり抜いたような、人が一人やっと出入りできるくらいの大きさの扉があった。その扉には小さな窓があり、鉄格子がはまっていた。

幸子は防毒マスクを外すと、顔を窓に付けて外の様子をうかがった。

「外には誰もおらんようじゃね」

そう言いながら、扉を押し開けた。

外に出ると、目の前に大きな木が横たわっていた。太い幹はまるで鱗《うろこ》に覆われたようであり、その先の枝には茶色く乾ききった針のような葉がかろうじて少し残っている。それは松の木だった。その木の陰で隆司も防毒マスクを外すと、息苦しさから一気に解放された。空気のありがたさを改めて知らされる思いだ。防護服を脱げば、夏といえども心地いい風を全身で感じることができた。

こんなものをよく一日中着ていられるものだと思った。しかしこれに耐えなければ、恐怖の毒物の被害に遭ってしまうのだ。それどころか、これを着ていても安心はできないのだ。縫い目の穴やすき間からガスが入り込んでしまうと、壱銭洋食の店主が言っていたのを隆司は思い出す。脱ぎ捨てた防護服からは、かすかにあの不思議な匂いがしていた。

背伸びをする隆司のすぐ横で、

「ごめんなさい。ここで、ちょっとだけ休んでもええかね」

幸子が肩で息をするようなそぶりを見せながら言う。ぜんそくの発作なのだろうか。

「大丈夫？」

「こんなに続けて歩いたのは久しぶりじゃけえ……それに、あんなマスクも着けとったしね。ちょっと息が苦しくなって……しばらく休めば大丈夫じゃけえ」

隆司は日陰に腰を下ろした幸子の顔を心配そうに覗き込む。

「背中、さすろうか？」

「ありがとう……やさしいねえ」

隆司は幸子の背中をそっとさすりながら、

「水があればいいんだけど。水筒を僕が持ってくればよかった」

「ええんよ。大丈夫」

海風が涼を運んでくると、しばらくして幸子は落ち着きを取り戻した。寄せる波のように音を立て、時折木々の枝葉が揺れている。

「隆司さんにやさしくしてもろうたけえ、もうようなったよ。それじゃあ、先に行きましょう」

「ええ？　もう少し休んでいこうよ」

「ううん。これくらいは全然平気。時間も、もうあまりないし……前は、本当にひどい発作が出るようになってしまって……それが続いて、近所の人からうつるんじゃないかと白い目でみられるようになってね。母と二人暮らしじゃったんだけど、もう居づらくなってしもうて。それで引っ越したんよ。自分が病気で苦しいことよりも、うちのことをいつもかばってくれる母を見るのがつろうなって……」

「そんなことが……それで忠海から引っ越したんだね」

そこから先は獣道のような細い道が、草の生い茂る中を伸びている。その両側には木々が並んでいるが、所々で松の木だけが何本も枯れて倒れている。倒れた木の周りにはシダが勢いよく伸びて、その葉を風に揺らしていた。

幸子と隆司はその道に沿って、草の中を隠れるようにして進んでいく。不思議とセミの声はまったく聞こえない。それどころか、草の生い茂る中に蚊一匹さえいなかった。もはや島全体が汚染されているのではないかと、隆司は思った。

しばらく進むと、草むらの中に粗末な板張りの小屋があった。よく見ると窓にはガラスもはめられておらず、替わりに金網が二重に貼られているようだ。

「うさぎ小屋」

すかさず幸子が言う。

「うさぎ……？」

人間が生きていくのも大変な時に、うさぎなどを飼っているというのだろうか。隆司は耳を疑った。

「そうよ。うさぎ」

すさんだ人の心を癒そうとでもいうのか。まさかそんなはずはない。毛皮を採るためだろうか。まさか、食用として……島で出迎えてくれた愛らしいうさぎを食料にするというのか。人が生きていくためには、仕方のないことなのだろうか。

「うさぎを飼っているんだね。それは……ひょっとして食料として？」

「違う、違うよ。実験用に」

「実験用……？」

「作ったガスの効き目を確認するんよ。うさぎの皮膚は人間の皮膚と同じなんじゃそう」

小屋の中には二十四ほどのうさぎがいるが、小屋の広さの割には少ない。動き回るものはなく、どれも、土管や木箱の中に潜り込んで眠るようにじっとしている。

「前は二百羽以上はいたんじゃけど……」

「それは、みんな実験で……ってこと？」

「うん。かわいそうだけど、うさぎは人間の愚かな行為の犠牲になっとるんよ」

地面の所々に穴が開いている。おそらくうさぎが掘ったのだろう。その穴にはまり込むようにして丸まっているうさぎもいる。

「みんな寝ているのかな」

「もともと、うさぎは朝夕の薄暗い頃に動き回るんよ。昼間は寝とることが多いん」

よく見ると、小屋の壁際にも大きな穴が掘ってある。随分深く、小屋の壁板の下を今にも潜って外に繋がりそうだ。

「もう少しじゃないか」

隆司は辺りを見渡すと一番丈夫そうな枯れ枝を拾い上げ、うさぎが掘った穴のある壁の外側をその枝で掘り始めた。

両手で枝を持ち、尖った先でつついては、土をかき出す。汗をかきながら子どものように穴をほじる隆司を、幸子はただ黙って見守っている。

壁板に沿った竪穴ができると、壁板の下を支点に木の枝をてこのように動かして斜めに穴を掘り始める。両手で木の枝を左右に揺らしてやると、やがて木の枝の先がうさぎの掘った穴に届いた。

「よし、これであとちょっとだ。残りは自分たちでやれよ」

「自分で……そうよね、自分でなんとかせんといけんのじゃね」

「ええ？　何か言った？」

「ううん、何も……」

そう答える幸子の表情が急に穏やかになった。大きな目がやさしさで輝き、にっこりとほほ笑む。すっかり元気を取り戻したようだ。

隆司が両手の土を払いながら山の斜面の方に目をやると、そこでは大勢の人たちが鶴嘴《つるはし》やスコップで穴を掘っている。重機を使うわけではなく、ひたすら人力で掘っている。

うさぎ小屋の陰に隠れて隆司がそれを不思議そうに見ていると、

「あれは防空壕を掘らされとるんよ」

幸子が言った。

よく見ると、みんなまだあどけなさが残る中学生くらいの少年だ。

「空襲が激しくなってきたけえ、慌てとるんじゃろう」

その言葉を聞いて、隆司は平和記念資料館を思い出す。

原爆投下の日、一九四五年八月六日、月曜日の朝の惨劇だった。そこまで記憶をたどったとき、やっと気が付いた。八月六日が月曜日だとすると、七月二十八日は土曜日になる。一九七九年と一九四五年は曜日が同じになるのだ。そして、もし今が一九四五年ということなら、九日後には原爆が投下されることになる。

ふと空を見上げると、入道雲が沸き上がっていた。それを避けるようにして、一機の飛行機がこちらに向かって飛んでくるのがかすかに見える。

「偵察機……隠れましょう」

幸子はそう言うと隆司の手を引っ張り、背丈ほどの草の茂る奥の大きな木の陰に向かった。

それは樹齢が何十年も経っていそうなクスの木だった。枯れて倒れた松の木とは対照的に、クスの木は大きく枝を張り青々としている。そのクスの木の根元に二人寄り添うようにして身を潜める。丘の斜面に目をやると、防空壕を掘っていた人たちはすでに退避しているようだ。

「耳を塞いで！　口を開けて！」

幸子が叫んだ。


耳を塞いでも爆音が近づいてくるのが身体全体でわかる。

隆司は息を殺してじっとしていた。心臓の音が高くなり、口の中がカラカラに渇いてくる。身体に振動が伝わり、指のすき間からも激しい爆音が漏れてきて、それが頭上に近づいてくる。重なり合う枝の葉で空は見えないが、波動と爆音で偵察機がすぐ上を通過していくのがわかった。どうやらそのまま遠ざかっていったようだ。

何も起こらなかったことにほっとしているのも束の間、逆方向から再び爆音が戻ってくる。さっきよりも随分と低空飛行で近付いてくるのがわかる。

すると、突然ダッダッという地を揺するような音が響き始める。機銃の音だ。防空壕を掘っていた斜面の上辺りを銃撃音が走ると、小石が飛び散る気配がした。隆司は思わず頭をすくめて目を閉じる。塞いでいる耳がキーンと鳴り、痛みさえ覚えた。

「大丈夫よ」

「えっ？」

「大丈夫、じっとしとりゃ。口を開けとくんよ」

幸子が爆音に負けまいと隆司の塞いだ耳元で大声を出す。隆司はただ首をすくめて息を潜めるのがやっとなのに、幸子はとても落ち着いている。


やがて銃撃音は消え、爆音も遠ざかっていった。どうやら今度こそ偵察機はこの島を離れていったようだ。


幸子がそう言ったが、ブォーンという重低音が響いている。耳鳴りではなく、音は確かに空から聞こえてくる。

「もう大丈夫よ」

隆司がクスの木の陰から出て恐る恐る空を見上げると、今度は何十機もの大型機が空を進んでいくのが見えた。爆撃機のB29だ。以前に観た映画のワンシーンを思い起こさせた。

「ありゃあ、尾道の方に向かっとるね。きっと造船所じゃ」

幸子が隆司のすぐ横に来て言う。

隆司にもそれが大規模な空爆であることは理解できた。大きな被害が出るに違いない。平和資料館で見た悲惨な光景が、再び隆司の脳裏に浮かんでくる。

「今は一九四五年なんだ。だから来月六日には、広島に原爆が落とされる。幸子さんも知ってるじゃないか。今ならみんなに知らせることができるよ。助かる人も増える。それに十五日には終戦を迎える。こんな危険な所でもう働く必要はないじゃないか」

隆司はもちろん、幸子も同意してくれるものと思っていた。

「無理よ。それが本当であっても、そんな話を誰が信じると思うん。そんなことをここで言えば、さっきの兵隊に捕まるよ。非国民扱いで銃殺される。それに歴史を変えるなんてことは、できやせん……」

こういうのを偽善というのだろう。今しがた自分の命を守ることで必死だったのに、安っぽい同情だけで、できもしないことを言っている。偽善以外の何物でもない。情けない。隆司はそう思った。

服のあちこちにくっついた草の実がチクチクと肌を突き刺す。それを払いのけながら、空を横切る爆撃機を、ただ見上げているのが今隆司にできる精一杯のことだった。

ブォーンという不気味な音がいくつも頭上を過ぎていく。

その爆撃機が点になって消えかかったときである。

空が急に暗くなった。雲が渦を巻いて、てっぺんに吸い込まれていく。木々が激しく揺れる。周りの景色がくねくねと曲がり始めた。隆司は強い目眩を感じると、地面に打ち付けられるような衝撃を感じた。

「手を！　早《はよ》う手を！」

緊迫した声と同時に、幸子がいっぱいに手を伸ばす。その指先が隆司の指先に触れた瞬間、身体が宙に投げ出された。まるで、重力を感じなくなったような気がした。真っ暗な中を成すがままの状態で、身体がゆっくりと旋回している。鼓動も呼吸も止まっているような気がした。

そのとき、幸子の手がやっと隆司の手を捕らえて強く握った。身体の旋回が止まり、真っ暗な中に映像が浮かび上がってくる。


海に浮かぶ緑の島を空から眺めている。

白や茶色、黒のうさぎが次々と海を泳いで逃げていくのが小さく見える。

遠くに不気味なきのこ雲が現れた。

ドラム缶を何本も積んだ小さな船が何隻も海に出ていく。

長い石段が雲を突き抜けて伸びている。

大きな寺の瓦屋根が見えてきた。葬儀が行われているようだ。

宙に浮いた身体が落ちていく。次第に意識が遠のいていった。


それからどのくらい経っただろうか……隆司が意識を取り戻すと、左耳から頬《ほほ》にかけて柔らかく心地いい感触を感じる。膝枕をされて草の上に横になっているようだ。

すでに夜の帳がおりていた。頭の向きを変えて視線を上げると、幸子のやさしい笑顔が息のかかるほど近くにある。薄暗い中でも、その笑顔は光り輝いているようだった。

「あっ……」

「やっと気が付いたね。無事でよかった」

「いったい何があったんだろう……」

隆司はゆっくりと身体を起こす。風を感じながら幸子の隣に並んで座ると、一生懸命に記憶をたどっていく。

「ここは大久野島、彼女の名前は平原幸子、毒ガス工場を出てから……」

どうやら頭を打って記憶を失っているようなことはないようだ。

しかし防空壕を掘っていたはずの斜面は跡形もなくなり、今居る場所が小高い丘のようになっていた。ちょうど見下ろすような位置に入り江があり、堤防がずっと続いている。堤防の外側には砂浜が広がり、真っ暗な海へと続いていた。振り返ると、あのうさぎ小屋も消えている。

どうやら隆司の理解をはるかに超えることが起きていたようだ。もし幸子の手が届かなかったら、いったいどうなっていたのだろう。

そんな隆司の不安とはうらはらに、幸子が何事もなかったかのように空を見上げて言った。

「きれいな星じゃね。ほら、隆司さんも見てごらんなさい」

そう言われて隆司も空を見上げると、満天の星が今にも降ってきそうに瞬いていた。民宿の浜で見たのと同じ星空だ。

「ああ、きれいだね」

しばらく二人は黙って星空に見入っていた。

静寂の中で星空を眺めていると、大抵のことはどうでもいいように思えてくる。何百光年、何千光年という気の遠くなるようなはるか彼方から星の光は届いているのだ。それを思うとたかだか三十数年は誤差の範囲でしかない。隆司はそんな気すらしてきた。

「みんな同じ星の下で、幸せに生きようとしとるはずじゃのに」

「確かに幸子さんの言う通りだ」

光の速度は毎秒三十万キロメートル。たかだか直径一万三千キロメートル程度しかない小さな地球の上で、人が争うことに何の意味があるのだろうか。

隆司も次第に魔法にかかったかのように、星空の無限の広がりへと吸い込まれていった。ついさっきの銃撃の恐怖など忘れて……まるで夏の星座が語り始める物語を聞くかのように……。

幸子が両手で束ねた髪をほどきながら言った。

「星はいくつあるんじゃろうか？」

「今見えているのだけで、たぶん四千個くらいかなあ」

「それらには、全部名前が付いとるんじゃろうか？」

「うん、たぶん。でも、小さな星は番号のようなものだけだと思うよ。大きく明るく見える星にはみんな名前が付いているけど」

隆司が星を指差しながら、

「ほら、あのひしゃくのような形に七つ並んだのがひしゃく星。こぐま座とか北斗七星ともいうんだ」

一つ、二つ、三つ……七つと指を動かしながら、

「あの柄の一番端にある少し明るい星が北極星」

幸子は指差す方向に視線を合わせるように、隆司の肩に顔を寄せる。隆司は幸子がうなずくのを確認しながら、ゆっくりと星を指差していった。

「北極星は、必ずいつも真北にあるんだ。だから道しるべになる」

「ふうん」

幸子の髪が風に揺れて隆司の左頬をかすかにくすぐる。

「髪をほどくと、違う人みたいだね。よく似合うよ」

「ええ、ほんまに？　ありがとう」

幸子はうれしそうに答えたが、それよりも星のことが気になる様子だ。

「ほら、星の続きを……」

「あっ、ああ……」

隆司は幸子にせがまれるがままに再び星を指差し始める。

「こぐま座の手前の、あの十字に並んだ五つの星がはくちょう座。端っこにある一番明るい星がデネブ」

「デネブ?」

「そう。デネブ。尾っぽっていう意味があるらしいんだ」

「この天の川の……」

てっぺんを見上げる頃には、二人とも草の上に寝転がっていた。自然と幸子の頭が隆司の鎖骨の下あたりに乗っかっていた。

心地いい重さを感じながら隆司は続ける。

「天の川を挟んで明るく光る二つの星が、おりひめ星とひこ星だよ。ベガとアルタイルともいうんだ。デネブとベガとアルタイルを結んだのが夏の大三角形」

「へえ。隆司さんってよう知っとるんじゃね」

自分よりずいぶんと大人びて見える幸子にそう言われると、隆司は少し得意げだった。

「子どもの頃から、星を見るのは好きだったからね」

そう言いながら隆司が幸子を見ると、大きな瞳の中にも星が輝いていた。白鳥が舞い上がり、鷲《わし》も羽ばたく。立琴《たてごと》が曲を奏でると、小熊がひしゃくを傾ける。波が奏でる音の中で繰り広げられる星座のショーは、二人の距離を縮めるのに充分すぎる。隆司の身体に幸子の呼吸と鼓動が伝わってくる。

「なんで白鳥やら鷲やら、名前がついたんじゃろう」

「そんな形に星が並んで見えたからなんだろうけど……ひしゃくくらいしか、そうは見えないよねえ。昔の人は想像力が豊かだったんだろうね、きっと。大抵は、みんなそれぞれに物語があるんだ」

「ふうん、そうなんじゃね。隆司さんはほんまに星が好きなんじゃねえ」

「大好きだよ」

工場での幸子とはまったく別人のような一面だ。子どものように澄んだ目をしているものの、それでもどこか愁《うれ》いを感じさせた。

「うちも星になれたらええのになあ」


「あっ、流れ星」

幸子が無邪気に空を指差す。

隆司がその方向に目をやると、青白い大きな光が、まるで橋を架けるかのように尾を引いて天の川を横切った。

「あれは、星のお母さんがお腹を空かした子どもたちのために、買い物に行ったんよ。小さいときに、そんなんを言うたら周りの大人たちに笑われたんじゃけど」

幸子のおとぎ話と現実との区別がつかなくなってしまいそうな、美しい星空だ。波の音だけが繰り返しゆっくりとした時を刻んでいる。

隆司は幸子の手を取ると、自分の手でやさしく包み込んだ。幸子がまるでおとぎ話の続きをねだるかのように尋ねる。

「ねえ、うさぎ座はないんじゃろうか？」

「うさぎ座？　確かあったような気がするけど……ええと……」

隆司は必死に思い出そうと空を見渡した。そして頭だけを起こしてカシオペヤの下に視線を移したとき、海の上でも明かりがかすかに揺れている。船だ。よく見ると遠くに灯台の明かりも時折放たれている。戦火の中、わざわざ標的となるようなこんな明かりを灯すはずがない。

「あっ、時代が……」

隆司は思わず身体を起こした。

隆司が感じた通り、時代は移り変わっていた。体は本能的に感じ取っていたのだろう。だからこんなに落ち着いて星を眺めていられたのだと隆司は思った。

空に輝く星は同じ空間にあるように見えるが、その光が発せられたときは大きく異なる。何百年、何千年も前の光と、数十年前、数時間、数十分前に放たれた光とが同じ空間に混在している。

そんな現象がこの地上でも起きているというのだろうか。隆司の理解をはるかに超えていた。

「幸子さんは時空を超えられるの？」

「時空？」

「時間と空間」

「そんなことは、うちにはわからん。でも……」

幸子が何かを言おうとしたとき、シュパッ、パンと音が、静寂の中に響いた。まさか銃撃の音ではと隆司はビクッとした。思わず幸子と繋いだ手に力が入る。

入り江の向こうの堤防で誰かが花火を上げているようだ。そんな音にびっくりする自分を隆司はとても恥ずかしく思い、照れ隠しにフーと息を吐く。

「隆司さんはやさしいけえ……やさしいけえ、きっとわかってくれたじゃろう。本当は作ったらいけん恐ろしいものを、そうとも知らんで自らの命を削ってまで……でも生きていくためには、それしかなかったんよ」

隆司は黙って深くうなずく。

「今になって、それがたくさんの命を……この星の数の何十倍もの命を奪った恐ろしい毒ガスじゃったと知ると……」

幸子は言葉を詰まらせながらも続ける。

「何の罪もない大勢の人たちの命を奪うためのものじゃったとわかると、誰もが自責の念に駆られてどうしようものうなるんよ。じゃけえ、うちは何としてでも看護婦になりとうて……命を救う手助けが少しでもできればと……」

やはりあのときの防護服は、幸子だったのだ。

そんな時空の矛盾を感じることさえも、今の隆司には何の抵抗もなく、現実として受け入れることができるのだった。


再び静けさが戻ると幸子は、星空を見上げた。

「それでも、ありがとう。みんな隆司さんのおかげじゃ」

「何、それ?」

「きっと、うちはこの島で起きた本当のことを誰かに伝えたいと、ずっと心のどこかで願《ねご》うとったんじゃろうね。それは、同情してほしいなんていうことじゃなくてね。許されん罪の懺悔なんよ……運命は受け止めんといけんね」

まるで哲学を語るかのような幸子に、隆司は返す言葉が見つからない。ただ黙って幸子の顔を見つめていた。風がやさしく髪を撫でている。

「うさぎは海を泳いで渡って来たんじゃないみたいじゃね。泳いで島から逃げ出したんじゃねえ。でもうちはもう、逃げ出さないことに決めたんじゃ」

「ええ……？」

「隆司さんが助けたんは、うさぎだけじゃないよ。うちのことも、どうしようもない苦しみから救うてくれた。苦しみの檻の外に出るようにと、背中を押してくれたんじゃね」

たくさんの星が幸子の眼の中で揺れている。それは涙に浮かんでいるせいだった。

小さな流れ星が頬を伝う。

「隆司さんに会えて、ほんまによかった……」

「それは僕も同じだよ」

「うち、一緒にまた星を見たい。そのときはうさぎ座はどれかを教えてえね。きっとじゃよ」

幸子は精一杯の笑顔を作ると首を少し左に傾けた。

「岡本、おい岡本」

突然、自分を呼ぶ声がする。聞き覚えのある声だ。

手を繋いで隣にいたはずの幸子がいない。手には幸子の手の感触が間違いなく残っているのに……。

「岡本、おい岡本」

再び呼ぶ声がする。

「おい岡本、どうした。大丈夫か？」

大西が隆司の肩を揺する。気が付くと、隆司はトンネルの出口の手前に倒れ込んで座っていた。

「俺、いったいどうしたんだ……」

「トンネルに一人で走って入っていったんさ。そしたら、こんなところに倒れ込んで、大丈夫か？」

村山が言った。

右ひざが少し痛いのは倒れたときに打ったのだろうか。隆司が膝をさするようにすると手に突き刺さるものがあった。いくつもの草の実だ。

「これ飲んだらええ」

中尾も心配そうに隆司を覗き込みながら、水筒のお茶をカップに注いで差し出した。

「ああ、ありがとう。大丈夫だ。暑さにやられたのかな」

「もう少し休んでから行こう」

「いや、もう大丈夫。ところで、今何時だ？」

「四時やで」

「どのくらい倒れていた？」

「えっ、どのくらいって、そんなん一分も経ってないで」

「そっ、そうだよな……」

わずか一分足らずだったという事実を、隆司はぼんやりと考えていた。

倒れていた間、時間は止まっていたのだろうか。それともパラレルワールドのような別の空間に入り込んでいて、その入り口にまで戻って来たということなのだろうか。

隆司が立ち上がると、トンネルの出口からは、わずかに傾きかけた夏の日差しが照り付けるコンクリートの建物が見える。だが、さっき見た建物とは趣がまったく違う。

屋根と外壁、さびた鉄製の窓枠だけが残った三階建てだ。壁は所々黒ずんで、かびやコケも生えている。さび付いた鉄の扉は半開きで、片方は外れかけていた。ツタが建物を覆うように伸びていて、裏手には青々とした木々が生い茂っている。レンガ造りとはまた違った趣で、自然に溶け込んでいた。

ただ、壁の端には「MAG2」と大きな文字が書かれており、それには周りの風景とのアンバランスさを感じずにはいられなかった。

「MAGはMAGAZINEじゃないか？　弾薬庫かな」

そう村山が言うと、すかさず大西が疑問を投げかける。

「アメリカ軍が書いたというのか？」

「英語だからなあ……」

実は朝鮮戦争のとき、日米安全保障条約に基づいてアメリカ軍はこの島を接収した。その際に、この建物を弾薬庫として利用したため書かれた文字だったのだ。隆司がそれを知ったのは、ずいぶん後になってからだったのだが、生々しい戦争の傷跡として目に映っていた。

帰りの車の後部席で、隆司はぼんやりと海を眺めながら、不思議な夢を最初からたどっていた。「洗脳されてゆがんだ正義感」。そんな言葉がはっきりと浮かんできた。ふいに父親の手記の続きを思い出す。

復員の日、取り扱いの厳重注意を受け、青酸カリのカプセルを二錠渡されたという。旧軍人は敗戦により、捕虜として国外に連行されるという噂が流れていた。もしそうなったときには、軍人として潔い最期を遂げよという暗黙の命令だったのだ。これも洗脳されてゆがんだ正義感なのだろう。隆司はそう思った。

青い海に浮かぶ島の間を、白波を立てながら何隻もの船が行き来をしている。手前の漁船の上にはカモメが群がって飛んでいる。そんな柔らかな時間の流れの中で、心地いい振動が隆司を眠りに誘った。

民宿に戻ると庭先では、おかみさんが天日干しした梅を取り込んでいる。

「お帰りなさい」

「ただいま」

「今日も暑かったじゃろう。お風呂が入っとるけえ、いつでもどうぞ」

「ありがとうございます」

大西に続いて隆司もお礼を言った。

「お茶もありがとうございました。おかげで助かりました」

「そんなことは、ええんよ」

梅の入ったざるを持ち上げながらおかみさんが答える。

隆司はその先のダイニングの窓に目をやったが、朝顔の花はしぼみ、窓は閉じたままだ。確かに今朝、あそこから幸子が手を振ってくれたはずなのに。あれは幻覚だったのだろうか。ギンヤンマが飛んできて、朝顔の支え棒の端に止まった。


夕食を終えると、いつものように片付けを始める。隆司はキッチンから顔を出す幸子のことを思うと、気持ちが高ぶるのがわかった。でも他の三人には気づかれまいと、努めて冷静を装う。そろそろ幸子が顔を出す頃だ。小窓に注意を払いながら皿を重ねる。しかし、いつまでたっても小窓は閉じたままだった。最後に湯飲み茶わんを四つ運んだが、幸子が現れることはなかった。

たまらずに隆司がすりガラスの小窓をそっと開けて、キッチンを覗き込んだ。

「ごちそうさま……」

キッチンは静まりかえり、幸子の姿はなかった。

部屋に戻ると、隆司は座布団を枕に寝転がり、天井をぼんやり眺めていた。

村山と中尾は明日の帰り道の相談をしている。大西は乗船場でもらった観光案内のパンフレットを見ては、何やら一人でうなずいていたかと思うと声を上げて読み始めた。

「戦時中、連合国軍がこの島の製造所の存在を知っていたかどうかは定かではないが、空襲に合うことはなかった。戦争末期には高射砲隊が常駐したが、偵察機が飛来してきても、施設の存在の発覚を恐れ、砲撃しなかったという……」

隆司は天井の木目模様を目で追いながら、ぼんやり聞いていた。

「昭和二十年七月二十八日には、尾道の因島が大規模な空襲を受け……おっと、ちょうど今日だな」

「ええ？　今日尾道で空襲が……？」

隆司は頭から水を浴びせられたようだった。

僕は本当に過去に行っていたのだろうか……あのとき、確かに爆撃隊を見た。幸子は尾道に向かっていると言った。隆司の頭の中をあの不思議な光景がぐるぐると巡っていた。

翌日も晴天で、朝食を済ます頃からセミが精一杯の声で鳴き始めた。朝顔は今日も立派に新しい花を咲かせている。

宿泊の精算を済ませて荷物を車に運び終えると、車のすぐ横までご主人とおかみさんが、揃って見送りに来てくれた。

「お世話になりました」

四人がお礼を言うと、

「いつも食事のおさめを手伝うてくれてありがとうね。神戸の学生さんはえらいのう」

おかみさんが言う。

「いいえ、とんでもないです」

大西が答えると、ご主人も風貌に似つかわしくないやさしい目をくりくりさせながら言った。

「それじゃあ、気いつけて。また来んさいのう」

隆司は幸子のことがどうしても気になって仕方がなく、ご主人に尋ねてみる。

「あのう……昨日の夜は、バイトの平原さんはお休みだったんですか？」

するとご主人が怪訝そうな顔をする。

「ええ？　バイト……？」

「ああ、すみません。アルバイトの平原さんです」

「ここにゃあ、わしとかみさんしかおらんが？　そんなアルバイトなんちゅう人はおらんよ？　どうかしてしもうたんかの、夢でも見とったんじゃないんかね」

ご主人が笑いながら答える。

大西たち三人も面食らったような表情で顔を見合わせている。

「平原幸子さんですよ？」

すると、そのやり取りを聞いていたおかみさんが、

「平原幸子と言うたか？」

「はい、そうです。平原幸子さんです」

「そりゃあ不思議じゃのう。昔、三原の看護学校に通うとったんじゃけど、そのとき

の同期に平原幸子ゆう名前の子がおったよ。ぶち仲がよかったたし、看護実習も同じ忠海の病院じゃった。でも幸ちゃんは、卒業間際になって突然ぱったりと学校に来んようなってしもうたんよ。何の連絡もなくなってね。先生に聞いても知らん言われたんよ。ほんまは知っとったと思うんじゃけど……それで家を訪ねてみたんじゃけど、忠海の駅のすぐそばじゃったかなあ。でもそのときはもう、引っ越した後じゃったんよ。ああそれでね、私が……」

おかみさんの話に耳を傾けていた隆司の頭の中で、幸子と島で過ごした時間がぐるぐると走馬灯のように回り始め、美しくも淡い光となって巡っている。あのときの幸子の涙は……別れの涙だったのだろうか。

「幸子さん……」

夏の朝日に照らされた朝顔は光を身にまとい、いつもの瑞々しさを放っていた。

エピローグ

新幹線は尾道トンネルを抜けると、すぐに備後トンネルに入っていく。

大久野島には毒ガス障害死没者慰霊碑が、隆司たちが訪れた六年後の一九八五年に建てられ、死没者の名簿が毎年納められる。一九八八年には毒ガス資料館も開設したらしい。今や年間三十六万人もの観光客が訪れるリゾート地・うさぎの楽園になっているようだ。こんな情報も今やどこにいても、スマートフォンさえあればすぐに手に入れることができる。

もちろん、「うさぎ座」についても簡単に知ることができる。あの時とは違う……。

真っ暗な中を光が流れていく窓を、ぼんやりと眺めていると大西からメールが送られてきた。

「仕事の伝手で調べてもらったんだが、岡本の言う通りだ。大久野島死没者名簿に平原幸子さんの名前があった。一九五三年七月二十八日死没　二十一歳」

「まもなく、三原です。山陽本線、呉線をご利用のお客様はお乗り換えです」
到着を知らせるアナウンスが流れる。トンネルを抜けると夏の光に包まれ、速度は一段とゆっくりになっていく。ついさっきまで浸っていた思い出に、現実が交差をしてくる。

「きっと……幸子さんは星になったんだ」
隆司は車窓を眺めながら、自分に言い聞かせていた。

その昔、体が大きく力も強いオリオンという狩人が住んでいました。でもオリオンは気性が大変荒く、周りのみんなは困っていました。そこで神様はオリオンにやさしい心を芽生えさせようと、彼のもとへうさぎを遣わしました。しかし神様の思いはオリオンにはまったく届かず、彼はこのうさぎを踏みつぶしてしまいました。これを見て神様が大変憐れみ、うさぎを天に昇らせ星座にしました。

「これがうさぎ座なんだって。夏のうさぎ座は夜明け前にオリオンの足元に昇ってくるんだ。でも二度と踏みつぶされることはない。この島のうさぎも海を渡ってやって来たんだよ。やっぱり、あのとき逃げ出したうさぎは海を渡って戻って来たんだ。もう二度と、逃げ出すことはないよ」

三人の到着を駅のベンチで待つ隆司は、島の慰霊碑を訪ねて、高く瞬いている星に伝えようと心に決めたのだった。

装幀／スタジオギブ
本文DTP／大原 剛、角屋克博
編集／石浜圭太
校正・編集補佐／竹島規子、千葉里紗

今泉 英明（いまいずみ ひであき）

1957年愛知県生まれ。1980年大阪工業大学卒業後、切削工具メーカに入社。製品の設計、開発に長年携わる。著書に『目利きが教えるエンドミル使いこなしの基本』（日刊工業新聞社）がある。学生時代の旅行以降、社会人となっても広島をたびたび訪れ、被爆とは異なるもうひとつの戦争の爪痕が残ることを知る。

海を渡ったうさぎ

2021年7月30日　初版第一刷発行

著　者　今泉 英明
発行者　西元 俊典
発行所　有限会社 南々社
　　　　広島市東区山根町27-2　〒732-0048
　　　　電 話　082-261-8243
　　　　FAX　082-261-8647
　　　　振 替　01330-0-62498

印刷製本所　モリモト印刷株式会社

ISBN978-4-86489-132-5